ジョージと秘《ひ》密《みつ》のメリッサ

アレックス・ジーノ　島村浩子 訳

目次

ほかの人とちがうと
感じたことのあるあなたに——

GEORGE
by Alex Gino

Originally published by Scholastic Press, an imprint of Scholastic Inc., U. S. A.
Japanese edition published by Kaisei-sha Publishing Company Ltd., 2016
by arrangement through Japan UNI Agency, Tokyo

装幀 城所潤／イラストレーション エレン・ドゥダ

ジョージと秘密のメリッサ

1章　秘密《ひみつ》

大きな赤いリュックのいちばん小さなポケットから、ジョージは銀色の鍵《かぎ》をひっぱりだした。なくさないように、ママがリュックにひもでぬいつけてくれたのだけれど、そのひもが短くて、リュックを下におくと鍵穴《かぎあな》にとどかない。そこで、ジョージは片足立《かたあしだ》ちでバランスをとりながら、もう一方《いっぽう》の足のひざにリュックをのせなければならなかった。カチッという音がするまで、玄関《げんかん》ドアの鍵《かぎ》をまわす。

よろけながらなかに入り、大きな声でいった。

「ただいま。だれか帰ってる？」

あかりはついていないけれど、だれもいないことをたしかめる必要《ひつよう》があった。ママの部屋のドアはあいていて、ベッドは空《から》だ。スコットの部屋も。

まちがいなく一人だとわかってから、ジョージは自分の部屋に入っていき、クローゼットのドアをあけて、ぬいぐるみとおもちゃの山を点検《てんけん》した。動かされてない。

このへんのおもちゃ、何年も前から遊んでないじゃないの、とママはもんくをいう。こまっている人たちに寄付《きふ》したほうがいいわ、と。でも、ぬいぐるみにもおもちゃにも、ここにいてもらわなければならない。ジョージのとってもたいせつな、秘密《ひみつ》のコレクションを守るために。

テディベアとふわふわしたウサギのぬいぐるみの下に手をつっこみ、デニムの平たい手さげをさがした。見つかると、それを持ってバスルームへかけこみ、ドアをしめて鍵《かぎ》をかけた。手さげを胸《むね》にぎゅっとだくようにして、ドアにもたれながら床《ゆか》にすわりこむ。

手さげを横にかたむけると、つるつるすべすべした雑誌《ざっし》が何冊《なんさつ》もタイルの床《ゆか》にこぼれ落ちた。表紙には〈つるぴかお肌《はだ》を手に入れちゃおう！〉とか、〈これでキマリ！　夏のヘアスタイル12選《せん》〉〈かっこいいカレをふりむかせるには⁉〉〈ときめき冬のワードローブ〉などと書いてある。つやつやの表紙からこちらにほほえみかけている女の子たちは、ジョージよりほんのちょっと年上なだけだ。その女の子たちを、ジョージは友だちだと思っている。

去年の四月号をとりあげる。もう、かぞえきれないほど何度も読んでいる号だ。ページをぱらぱらめくっていくと、紙のにおいがほのかに立ちのぼってくる。

四人の女の子がビーチにいる写真のところで、手をとめた。四人が水着を着て一列にならび、それぞれポーズをとっている。ページの右側《みぎがわ》には、体型別《たいけいべつ》にさまざまなタイプのおすすめ水着がのっている。体型《たいけい》にちがいがあるのか。ジョージにわかるのは、みんな女の子の体をしているということだけだ。

つぎのページでは、女の子二人がピクニックシートの上にすわり、肩《かた》をくんで笑《わら》っていた。一人はストライプのビキニ、もう一人は、腰《こし》のところに切りこみが入った水玉もようのワンピース水着を着ている。

ジョージが二人にくわわっても、しぜんにとけこめるだろう。いっしょに肩《かた》をくんで、くすくす笑《わら》って。明るいピンクのビキニを着て、髪《かみ》はロングにする。きっと、新しい友だちが三《み》つ編《あ》みにしてくれるはずだ。名前をきかれたら、「メリッサよ」と答えよう。メリッサは、ジョージがだれにも見られていないとき、赤みがかった茶色のまっすぐな髪《かみ》を前へとかし、前髪《まえがみ》みたいにたらして、鏡《かがみ》のなかの自分に語りかけるときの名前だ。

きらびやかで安っぽい宣伝《せんでん》のページは、どんどんとばした。バッグ型《がた》の整理ポーチやマニキュア、最新型《さいしんがた》のスマホ、さらにはタンポンの宣伝《せんでん》までのっている。腕輪《うでわ》を手づくりする方法《ほうほう》や、男の子との話し方について書かれた記事もとばす。

ジョージの雑誌《ざっし》集めは、ひょんなことからはじまった。二年前の夏、図書館のリサイクルボックスに、『ガールズライフ』の古い号が入っているのが目にとまったのだ。〝ガール〟の文字にすぐさま目がすいよせられて、あとで見るためにジャケットの下にしのびこませた。まもなく、べつのティーン雑誌《ざっし》もくわわった。今度は、自宅《じたく》から少し先のごみ箱にすてられていたのを、ひろってきたのだった。

その週末《しゅうまつ》、ガレージセールで、デニムの手さげが二十五セントで売られているのを見つけた。雑誌《ざっし》を入れるのにぴったりの大きさで、上にチャックがついていた。集めた雑誌《ざっし》をジョージが安心してしまっておけるようにと、天の力がはたらいているみたいだった。

ジョージは、〈メイクひとつでこんなに変《か》わる！〉という見開き二ページにわたる記事を読むことにした。お化粧《けしょう》は一度もしたことがない。でも、ページの左側《ひだりがわ》にならぶ色とりどりの化粧品《けしょうひん》をくいいるように見た。心臓《しんぞう》がどきどきする。じっさいに口紅《くちべに》をつけたら、どんな感じがするんだろう。

ジョージは薬用リップクリームをぬるのが好《す》きだ。くちびるがひびわれていなくても、冬はずっとぬっている。毎年、春になると、リップクリームのチューブをママからかくし、なくなるまでつかいつづける。

外からガチャンという音がきこえたので、ジョージはとびあがった。真下の玄関《げんかん》を窓《まど》からのぞく。自転車が家の前に横だおしになっていて、後輪《こうりん》はまだくるくるまわっていた。

スコットの自転車！　お兄ちゃんが帰ってきたんだ！　スコットはジョージの兄で、高校一年生だ。ジョージの首すじの毛がさかだった。まもなく、階段《かいだん》をあがってくるドスドスという音がきこえた。鍵《かぎ》をかけたバスルームのドアが、ガチャガチャいってゆれる。ジョージは、自分の心がゆさぶられているみたいに感じた。

ドン！　ドンドン！

「入ってるのか、ジョージ？」

「う、うん。」

タイルの床《ゆか》には、つややかな雑誌《ざっし》がちらばっている。ジョージはそれをひとまとめにして、デニムの手さげにつっこんだ。心臓《しんぞう》のドキドキいう音が、スコットがドアをける音に負けないくらい大きくきこえる。

「よお、弟、おれも入りたいんだよ！」

スコットがどなった。

ジョージは、できるだけ音をたてないように手さげのチャックをしめ、かくし場所をさがした。手さげを持ったまま出ていくわけにはいかない。なにが入っているのか、スコットにきかれるだろう。バスルームにひとつだけある戸棚《とだな》はタオルでいっぱいだし、戸がしっかりしまらないから、だめだ。しかたなく、ジョージはシャワーヘッドに手さげをかけ、シャワーカーテンをしめた。スコットが急にきれい好《ず》きになって、シャワーを浴《あ》びようとしたりしませんようにと祈《いの》りながら。

ジョージがドアをあけるやいなや、スコットがかけこんできて、便器《べんき》の前に立つより先にジーンズのチャックをおろした。ジョージはいそいで外に出ると、ドアをしめ、かべにもたれて息をついた。手さげはまだ、シャワーカーテンのむこうでゆらゆらゆれているはずだ。手さげがカーテンにあたったり、もっと悪いことに、バスタブのなかにドサッと落ちたりしませんように。

スコットが出てきたときにバスルームのそばにいたくなかったので、ジョージは一階におりてキッチンにいった。オレンジジュースをグラスについで、テーブルにすわる。緊張《きんちょう》のせいで肌《はだ》がちくちくした。雲が家の上に流れてきたらしく、部屋が少し暗くなった。バスルームのドアが大きな音をたててひらくと、ジョージはすわったままとびあがり、手にジュースをこぼした。息をつめていたことに気がついた。

ドスドス、ドスドスドス。スコットが、手にDVD《ディーブイディー》ケースを持っておりてきた。冷蔵庫《れいぞうこ》をあけ、オレンジジュースをとりだすと、紙パックからじかにごくごく飲む。薄手《うすで》の黒いT《ティー》シャツ、ひざに小さな穴《あな》があいたジーンズというかっこうだ。何か月も髪《かみ》を切っていないので、こげ茶の髪《かみ》がモップみたいに見える。

「クソしてるとこだったら悪かったな。」

スコットが、口についたジュースを腕《うで》でぬぐいながらいった。

「クソなんてしてなかったよ。」と、ジョージ。

「それなら、なんであんなに時間がかかってたんだ?」

ジョージはためらった。

「あ~あ……わかったぞ。おまえ、あそこに雑誌《ざっし》をかくしてるんだろ。」

ジョージは凍《こお》りついた。口が半びらきのまま、頭の動きがとちゅうでとまってしまった。まわりが急に暑苦しくなったように感じられ、頭がぐるぐるした。自分がまだここにいることをたしかめるために、テーブルに手をつく。

「あたりだな。」

スコットはにやにやした。ジョージがパニックを起こしていることに、まったく気がついていない。

「それでこそ、おれの弟だ! やらしい雑誌《ざっし》を見るようになるなんて、大きくなったな。」

「え。」

ジョージは思わず声に出していった。〝やらしい雑誌《ざっし》〟がどんなものかは知っている。もう少しで、声をあげて笑《わら》いそうになった。そういう雑誌《ざっし》にくらべたら、ジョージが見ていた雑誌《ざっし》の少女たちは、ずっといっぱい服を着ている。ビーチにいる子たちだって。

ジョージは力がぬけた。少しだけ。

「安心しろ、ジョージ。母さんにはいわないから。どのみち、おれはすぐまた出かけるんだ。これをとりにもどっただけだから。」

スコットが黒いプラスチックのケースをゆすると、なかのDVD《ディーブイディー》がカタカタいった。

「まだ見てないんだけど、名作のはずなんだ。ドイツ映画《えいが》でさ。タイトルは〝邪悪《じゃあく》な血〟とか、そんな意味らしい。ゾンビが男の腕《うで》を食いちぎって、そいつを殺《ころ》しちまうと、もう一人の男は、死んだ親友の食いちぎられた腕《うで》を武器《ぶき》に、戦《たたか》わなきゃならなくなるんだって。すごいだろ。」

「気持ち悪そう。」

ジョージは答えた。

「そうなんだよ！」

スコットは、首をいきおいよくたてにふった。オレンジジュースをもうひと口飲み、紙パックを冷蔵庫《れいぞうこ》のなかにもどすと、玄関《げんかん》にむかった。

「もういくぜ。おまえはゆっくり、やらしい雑誌《ざっし》をながめな。」

スコットは冗談《じょうだん》をいいながら出ていった。

ジョージは階段《かいだん》をかけのぼり、手さげをバスルームから救出《きゅうしゅつ》した。それをクローゼットの奥《おく》深く、おもちゃやぬいぐるみの下にうずめた。念《ねん》を入れて、上によごれた服の山をのせる。それからクローゼットのドアをしめ、ベッドにうつぶせにたおれこんだ。頭のうしろで手をくみ、ひじを耳におしつける。だれでもいいから、自分以外《いがい》の人間になりたい。

2章　シャーロットの死

ユーデル先生が大きな机《つくえ》にもたれ、四年生のクラスにＥ《イー》・Ｂ《ビー》・ホワイトの『シャーロットのおくりもの』を読んできかせている。つやつやした黒髪《くろかみ》をゆるくまとめ、大きな耳たぶから木製《もくせい》のイヤリングをさげている。

窓《まど》ぎわの席《せき》にすわっているジョージは、先生の朗読《ろうどく》をきくことも、考えることもできなかった。あんなにやさしくてかしこいクモのシャーロットが死んでしまうなんて、ひどい。

物語の主人公、ブタのウィルバーは、体が小さすぎたので、生まれてすぐに飼《か》い主《ぬし》のエラブルさんに殺《ころ》されそうになった。運よく、エラブルさんの娘《むすめ》のファーンにたすけられ、ザッカーマンさんの農場で育てられることになったけれど、結局《けっきょく》はハムにするために殺《ころ》される運命にあった。そんなウィルバーを、クモのシャーロットが知恵《ちえ》をはたらかせて救《すく》っ

てやる。それなのに、シャーロットのほうは物語の最後《さいご》に死んでしまうのだ。

こんなのおかしい。ジョージはこぶしににぎった両手で目をこすったため、真っ暗なまぶたのうらで、何列もの小さな三角形がぐるぐるぴかぴかとまたたいて見えた。

本に涙《なみだ》がぽたりとひとつぶ落ちて、クモの巣《す》のようにひろがった。ジョージは、音をたてないように注意して息をした。あさく、あさく、何度も。でも、頭がくらくらしてきて深く息をすった瞬間《しゅんかん》、すすり泣《な》きがもれてしまった。大きく。

しずまりかえった教室に、ひそひそ声がはっきりひびいた。

「へっ、クモが死んだくらいで泣《な》いてる女がいるぜ。」

「女じゃない。ジョージだよ。」

「変《か》わんねえだろ。」という返事に、笑《わら》い声《ごえ》がつづく。

ジョージはふりかえらなかった。必要《ひつよう》なかったからだ。どういう光景《こうけい》が見えるか、よくわかっていた。二列はなれた席《せき》に、リックがすわっている。リックのうしろの席《せき》にはジェフ。ジェフは、つんつんした髪《かみ》がリックの肩《かた》にさわりそうなほど、前に身をのりだしている。光沢《こうたく》のある黒のスタジャンを着たリックは、うしろにそりかえっているはずだ。二人とも、手で口をおおっている。本気でしずかにする気もないくせに。

ジョージとリックは、前は友だちだったことがあった。少なくとも、友だちっぽかったことが。二年生のとき、クラスで、チェッカーというゲームの勝ちぬき戦《せん》がおこなわれ、ジョージとリックが最後《さいご》までのこった。決勝は接戦《せっせん》になったが、最後《さいご》の持《も》ち駒《ごま》がキングになったリックが、かろうじて勝利《しょうり》した。ジョージは負けたけれど、二人ともおたがいを、何週間ものあいだ「チェッカーのチャンピオン」と呼《よ》びあった。

三年生になると、ジェフがジョージたちのクラスに入ってきた。カリフォルニアからの転校生だったが、ジェフは転校がいやだったらしい。最初《さいしょ》、何人かとなぐりあいのけんかをして、ジョージもふくめたクラスの男子のほとんどに、おどしをかけた。でも、十月にはクラスになじみ、リックとなかよくなった。すると、リックはジョージとあまり友だちっぽくなくなった。冬休み前には、ジェフとリックは切っても切れない仲《なか》となり、「チェッカーのチャンピオン」だった二人は、前は知り合いだったのに、いまは顔も知らない者どうしのようになってしまった。

にやにやしている男子二人を、ユーデル先生はにらみつけた。せきばらいをして、章の最後《さいご》の段落《だんらく》を朗読《ろうどく》した。このクラスの生徒《せいと》はもう大きいので、先生が読みきかせをすることはめったにない。でも、きょうは生徒《せいと》たちの気持ちを〝シャーロットの最期《さいご》の深い悲しみ〟に集中させたかったのだ。

読みおえるとユーデル先生は本をとじ、机《つくえ》の上の紙束《かみたば》の上において、めがねをはずした。

「ノートを出して、この章についてどんな気持ちがわきおこってきたか、しばらく考えましょう。考えをまとめるのに少し時間をかけてもいいけれど、まとまったらすぐに書きはじめるように。深いところまでほりさげて、気持ちを表現《ひょうげん》する単語《たんご》をつかってみましょう。」

二〇五教室は、生徒《せいと》がノートを出し、ページをめくり、鉛筆《えんぴつ》をさがす音でにぎやかになった。

ユーデル先生はジェフとリックのほうへ歩いていくと、二人だけに話しかけた。先生の声は教室のほかの音とまざって、ジョージにはきこえにくかった。席《せき》は二列しかはなれていないのに。

「死を、とても重く受けとめる人もいるんですよ。」

ユーデル先生の声はきびしかった。ジェフとリックの顔を交互《こうご》に見る。二人はスニーカーを見つめている。

「とてもおごそかな主題なの。だから、あなたたちにもそれをきちんと理解《りかい》して、自分とクラスメイト、そして命というものを尊重《そんちょう》してほしいと、先生は思っています。」

ジェフとリックは、もごもごとあやまった。心のこもっていない「すみませんでした」は、ジョージにむけられたのか、それともユーデル先生にか、シャーロットになのか、わからなかった。ジョージはどうでもいい気がした。

ユーデル先生がうしろをむいた瞬間《しゅんかん》、ジェフはぐるりと目玉をまわしてみせた。ジェフはしょっちゅう目玉をまわし、たいていは、そのしぐさにあった意地の悪いことをいう。

ユーデル先生がジョージの机《つくえ》の横を通りかかった。

「正直いって、『シャーロットのおくりもの』のおわりを読んで泣《な》かない人がいるなんて、信《しん》じられないわ。」

「先生は泣《な》きませんでしたよね。」

ジョージはぼそぼそといった。

「最初《さいしょ》の三回は泣《な》いたわ……そのあとも何度も。」

ユーデル先生は口をつぐみ、一瞬《いっしゅん》、泣《な》きだしそうな顔になった。

「わたしがいいたいのはね、本を読んで泣《な》くのは、特別《とくべつ》な人だということ。想像力《そうぞうりょく》だけじゃなく、深い思いやりがあることのあかしですもの。」

先生は、ジョージの肩《かた》をぽんぽんとたたいた。

「それをうしなわないようにね、ジョージ。あなたは、きっとすてきな男性《だんせい》になるわ。」

〝男性《だんせい》〟という言葉に、ジョージは大きな石がいくつも頭にふってきたような衝撃《しょうげき》を受けた。〝男の子〟といわれるより百倍もいやで、息ができなくなる。くちびるをきつくかむと、涙《なみだ》があらたにこみあげてきた。姿《すがた》を消してしまえればいいのにと思いながら、額《ひたい》を机《つくえ》にくっつけた。

ユーデル先生が＊授業中通行証《じゅぎょうちゅうつうこうしょう》を持ってきて、顔を洗《あら》ってらっしゃいとジョージにわたした。五歳児《さいじ》クラスからつかいこまれてきた木の札《ふだ》で、片側《かたがわ》に、こい緑の油性《ゆせい》マジックで〈男子〉と書いてある。ジョージは、ピシャと力なく札《ふだ》をひっくりかえし、〈二〇五教室〉

＊授業中通行証《じゅぎょうちゅうつうこうしょう》……授業《じゅぎょう》時間中に用事があって教室から出る生徒《せいと》にわたされる札《ふだ》。

と書いてある面が表をむくようにした。

ユーデル先生の手が肩《かた》におかれたけれど、ふりはらうようにして立ちあがった。涙《なみだ》で目がかすみ、出入り口までの通路《つうろ》は、かろうじて見える程度《ていど》だった。ろうかは、目で見てというより、記憶《きおく》をたよりに歩いていった。すすり泣《な》きながら、よろよろとトイレに入った――男子トイレに。くちびるがわなわなふるえ、しょっぱい涙《なみだ》がこぼれて口に入る。

ジョージは男子トイレが大きらいだった。校内でいちばんいやな場所だ。おしっこと漂《ひょう》白剤《はくざい》のにおいがいやでたまらない。ここがどこか思い出させるための、青いタイルのかべも。そんなことは男子用小便器《しょうべんき》を見ればわかるのに。トイレ全体が〝男子用〟とさけんでいるみたいだし、ここにくると、男子は足のあいだにあるものの話をしたがる。ジョージは、のどがかわいているときでも、学校では水を飲まない。そうすると、一度もトイレにいかなくてすむ日もある。

水道の蛇口《じゃぐち》に頭を近づけ、体がふるえだすまで冷《つめ》たい水を首すじにかけた。それから、ペーパータオルを数枚《すうまい》かさねて頭をふいた。まだぬれている髪《かみ》を指でとかし、鏡《かがみ》のなかの自分に弱々しくほほえみかける。

ろうかに出ると、授業中通行証《じゅぎょうちゅうつうこうしょう》をゆるく持ち、かべにこすらせて、ふるえが手につたわってくるのを感じながら歩いた。タイルのつぎめのところにくるたび、木の札《ふだ》がカッツンカツンとリズミカルな音をたてる。

笑《わら》われるのではないかとおそれつつ、教室のドアをゆっくりあけた。でも、みんな課題《かだい》に集中していて、ジョージがもどってきたことに気がつかなかった。

ホワイトボードには、主題の「この作品を読んでわきおこった気持ち」が、ユーデル先生のていねいな字で書いてある。ジョージはノートを出して、日にちと主題を書いた。「シャーロットが死んで」と書いたところで、日記の時間はおわってしまった。

ユーデル先生は、だれかにノートを読ませたりしなかった。クラス全体にむかって話しかけた。

「ほんとうの楽しみは、あしたからですからね！　きょうは、これでおしまいにしましょう。」

先生は、詩でも読むような口調でいった。

「ノートをしまって。帰るしたくが早いのは、どの列かしら？」

ユーデル先生がいう〝楽しみ〟というのは、四年生のふたクラスが下級生のために上演《じょうえん》する、『シャーロットのおくりもの』の劇《げき》のことだ。

毎年、春になると、一年生から四年生まで全員がこの本を読むのが、ジョージの通う学校の伝統《でんとう》になっている。一年生は先生に読みきかせてもらい、五歳児《さいじ》クラスも読みきかせに参加《さんか》することがある。それから、それぞれの学年で、なんらかの研究課題《かだい》を考える。この行事に参加《さんか》する最高《さいこう》学年として、四年生は物語を劇《げき》にして、PTA《ピーティーエー》と下級生の前で上演《じょうえん》する。五年生だけは参加《さんか》しない。ぶじに卒業《そつぎょう》して中等部へすすめるように、春のテストに集中しなければならないからだ。*

すでに四列が先生に呼《よ》ばれたため、教室は、上着のチャックをしめたり、木の机《つくえ》にリュックをおく音でさわがしくなっていた。ジョージの列は呼《よ》ばれるのが最後《さいご》なので、おなじ列の子はユーデル先生をじっと見ている。

「第一列。」

いすがキキーッと床《ゆか》にこすれる。ジョージはリュックをゆっくり持ちあげ、できるだけぐずぐずしてから男子の列にならんだ。ジェフとリックから、なるべくはなれていたかった。

ジョージたちのクラスは、ろうかを通って校庭に出た。スクールバスに乗る生徒《せいと》はまとめて解散《かいさん》になり、のこりの生徒《せいと》は、父母や祖父母《そふぼ》、ベビーシッターがむかえにくるのを先生といっしょに待つ。

ジョージは、自分が乗るバスの列にむかって歩きだした。

「ジョージ、待って！」

うしろから女の子の声がきこえた。親友のケリーだ。髪《かみ》を三《み》つ編《あ》みにし、オレンジと鉛《えん》筆《ぴつ》のけずりかすのにおいをさせている。〈99％《パーセント》天才　1％《パーセント》チョコレート〉と書かれたT《ティー》シャツを着ていた。

「パパが今週末《こんしゅうまつ》、うちに練習しにきてもいいって。」

ジョージに追いつくと、ケリーはすぐさまそういった。今週、ケリーは劇《げき》のオーディションの話ばかりしていた。

「いっしょに劇《げき》に出たいって気持ち、変《か》わってないでしょ？」

たしかに、ジョージは劇《げき》に出たかった。出たくてしかたがない。でも、くさいブタを演《えん》

*この小学校では五年生が最上級生《さいじょうきゅうせい》。五歳児《さいじ》クラスというのは、入学準備《じゅんび》クラスのようなもの。

じたいんじゃない。シャーロットになりたいのだ。やさしくてかしこいクモに。たとえ、それが女の子の役でも。

ジョージは口をひらいたものの、声が出てこなかった。

ケリーが手のひらをジョージのほうにむけて、目の高さまであげた。

「われは〝なんでもカンペキ、なんでもわかるケリー〟であーる。」ふしをつけていう。「そなたは調子がよくないようだな。さあ、わが子よ、そなたがかかえている問題は、なんぞや？」

ケリーは目をとじ、両手をゆっくりとジョージの顔の横へと動かした。親友の目をつっついたりしないよう、ほんのちょっぴり、うす目をあけて。

「なんでもわかるんなら、答えはもうわかってるんじゃないの？」

ジョージはきいた。

ケリーはまぶたをあげると、目玉をよせて鼻先を見つめた。それから、またすぐまぶたをとじた。

「そっか。じゃ、われは〝なんでもカンペキ、ほとんどなんでもわかるケリー〟であーる。そなたの問題をあててみよう。」

ケリーはもう一度、目をあけ、両手を下におろした。

「わかった！　ジョージ、舞台恐怖症《ぶたいきょうふしょう》ってやつでしょ。そのことなら、あたし、よく知ってる。ビルおじさんがいってた。パパはひどい舞台恐怖症《ぶたいきょうふしょう》で、だから自分の曲をほかの人にうたわせて、ほかの人をお金持ちにしてるんだって。」

「そんなんじゃないよ。」

「ふうん、そっか。パパもほんとうはちがうと思うんだ。べつのタイプの音楽家ってだけで。」

ケリーはジョージの肩《かた》をゆすった。

「でもさ、それなら、いったいなに？　あたしが、すっきりしないとだめなタイプなの、知ってるでしょ？　教えてよ。さもないと……。」

「さもないと、どうするつもり？」

いいことを思いついたケリーは、目をきらきらさせた。

「さもないと、夜、けだもの軍団《ぐんだん》を呼《よ》びだして、ジョージをおそわせる。〝ぐるぐるストロー〟で脳《のう》みそをすいださせて、子分にしちゃう。そうしたらジョージは、なんでも、あたしのいうとおりにしなきゃならなくなるんだよ。なにを考えてるかも話さなきゃだめなんだからね！　ねえ、なんなの？　なんなの？　なんなの？」

ジョージはまわりを見て、ほかにだれもきいていないことをたしかめた。

「わかった、わかったから、おちついてよ！　じつはね、ウィルバーの役はやりたくないんだ。」

ジョージはケリーにうちあけた。

「へえ。そんなの問題じゃないじゃん。劇《げき》には、ほかにもいろんな役があるもん。わき役っていうんだよ。わき役がうまくなきゃ、最高《さいこう》の花形がいてもなんにもならないって、パパはいってる。ユーデル先生の前で演技《えんぎ》して、どの役がジョージにあってるか決めてもらえばいいよ。」

「どれでもいいってわけじゃないんだ。」

ジョージはいった。

「それなら、どの役をやりたいの？　ネズミのテンプルトン？」

ジョージは首を横にふった。

「ファーンのお兄ちゃんのエイヴリー？」ケリーは、あてようとしていってみた。「農場主のザッカーマンさん？　ファーンのパパのエラブルさん？」

ジョージはまだ首を横にふっている。

「ほかにだれがいたっけ。」

ケリーは、けげんそうにきいた。

「シャーロットになりたいんだ。」

ジョージはささやき声でいった。

ケリーは肩《かた》をすくめた。

「いいじゃん。シャーロットを演《えん》じたいなら、シャーロット役のオーディションを受けなよ。まったく、なんでもないことで大さわぎするんだから。ジョージが女子じゃなくたって、だれも気にしないよ。」

ジョージは、心がずんとしずんだ。ジョージ自身は気にしていたからだ。ものすごく。

通りにとまっているスクールバスの一台が、エンジンをかけた。

「いかなきゃ！」

ケリーが走りだした。

「ワン・トゥー・スリー！」

うしろにむかって、大きな声でいう。

「ズート。」

ジョージは合いことばを返した。

一年生のとき、ケリーとジョージは、「ワン・トゥー・スリー・ズート」のほうが、「バイバイ」というよりもずっとおもしろいと考えたのだ。アニメを見ていたときにきいたことばで、二人とも、その日はくりかえし思い出しては笑《わら》った。いまでは、どのアニメだったか思いだせないし、いまだに「ワン・トゥー・スリー・ズート」といいつづけているのは幼稚《ようち》な気もしたけれど、ジョージもケリーも、自分から先にやめるのはいやだった。


その夜、ジョージは、舞台《ぶたい》でシャーロットを演《えん》じている夢《ゆめ》を見た。全身、黒い衣装《いしょう》を着て、体の両わきからクモの足がつきだしている。うっとりするほどすてきなせりふを、講《こう》堂《どう》じゅうにきこえるようにいった。最初《さいしょ》のせりふも、二番目のせりふも、かんぺきにうまくいうことができた。ところが、そこで頭の上から奇妙《きみょう》な音がきこえてきた。顔をむけても、見えるのはどっしりした幕《まく》だけだったが、それがジョージをくるみこんだ。たちまち、あたりがむっとする暗やみになって、はしごからひきずり落とされた。そこから先はどんどん下へと落ちていき、とても長い時間、息ができなかった。

汗《あせ》をびっしょりかいて目をさました。ここはベッドで、自分は夢《ゆめ》からさめたのだ、窒息《ちっそく》しかけているわけじゃないんだとわかるまで、ちょっと時間がかかった。足にシーツがからみついていた。

シャーロットを演《えん》じたイメージが、なかなかぬけなかった。シリアルとミルクの朝食を食べているあいだも、ジーンズとT《ティー》シャツに着がえるあいだも、歯をみがいているあいだも、ジョージは、シャーロットがウィルバーに初《はじ》めて声をかけるときのせりふ、「ごきげんうるわしくていらっしゃる？」をじょうずにいって、観客《かんきゃく》にあいさつする自分の姿《すがた》を思いうかべていた。クモの巣《す》に、ウィルバーはすばらしい、ということばを編《あ》みこむのは、ジョージでなければ。最後《さいご》におわかれをいって、みんなを泣《な》かせるのも。

3章　演《えん》じるとは、ふりをすること

ジョージは、二軒《けん》の家がくっついたテラスハウスの左側《ひだりがわ》に、ママと兄のスコットといっしょに住んでいる。ジョージが〝家族〟というときは、たいていママとスコットのことだ。パパは新しい奥《おく》さんのフィオナと、ペンシルベニア州のポコノ山脈《さんみゃく》にある家に住んでいる。ジョージたちの家から数時間かかるところで、スコットとジョージは毎年、夏に二週間、泊《と》まりにいく。ロッジに寝泊《ねと》まりするキャンプみたいな感じだ。パパは、一年じゅう父親でいるよりも、期間限定《げんてい》で父親になるほうがむいていた。

テラスハウスの右側《みぎがわ》には、ウィリアムズ夫妻《ふさい》が住んでいる。二人ともご隠居《いんきょ》で、外に出るのは、毎日、スリッパをはいたままそろそろと郵便《ゆうびん》と新聞をとりに出てくるときだけだ。ウィリアムズ夫妻《ふさい》はおだやかで感じのいい人たちだと、ジョージは思っている。ずっ

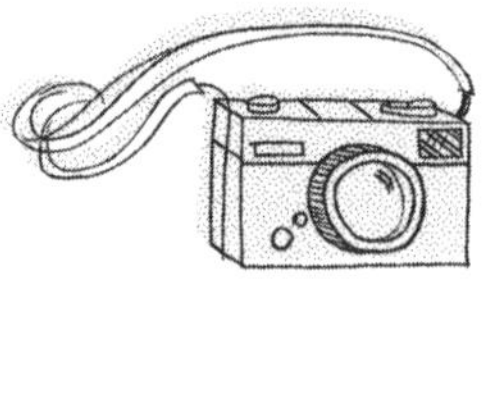

とこのまま住んでいてほしい。もしとなりに新しい家族がひっこしてきたら、ジョージとおなじ年ごろの男の子がいるかもしれない。そうしたら、ママはジョージがその子となかよくなることを期待するだろう。

〝きっと気があうわよ。〟と、ママはいうはずだ。〝あいさつしてにっこり笑《わら》うだけで、だいじょうぶだから。〟

ママは頭がいいし、ジョージはママが好《す》きだ。でも、ママは男の子のことをわかってない。男子は、ジョージのことが好《す》きじゃない。それにジョージも、自分が男子のことをどう思っているのか、よくわからない。

ジョージは、うら庭の物置《ものおき》から自転車を出してくると、ひびわれたセメントの私道《しどう》を通って道路に出た。いまは日曜日の午後で、月曜日にあるオーディションの練習をしようとケリーにさそわれたのだ。

かわりばんこにシャーロットを演《えん》じればいいと、ケリーはいった。シャーロットのせりふを声に出していうことを想像《そうぞう》すると、ジョージは胸《むね》が高鳴った。ケリーの家まで自転車をこぐ。午後の短い影《かげ》が、大通りを走るジョージの前をすすんでいく。

ケリーとお父さんは、部屋がふたつある地下のアパートに住んでいて、建物のうら口を玄関《げんかん》にしていた。うら庭は、庭というより、舗装《ほそう》された道路みたいだ。コンクリートのさけめから、雑草《ざっそう》が元気に顔を出していたりするけれど。

ジョージは家のうらのかべに自転車を立てかけ、ハンドルにヘルメットをかけた。危険《きけん》なほど急なコンクリートの階段《かいだん》三段《だん》を、金属《きんぞく》の細い手すりをつかんでおりる。木のドアを、なかからきこえるロック・ミュージックの音に負けないよう、強くノックした。

ケリーがはじけるような笑顔《えがお》でむかえてくれた。

ドアを入ると、そこはちらかった大きな部屋だ。かべの片側《かたがわ》は、洗《あら》いものでいっぱいの流し台やコンロになっている。かたすみには、ベッドにしたままのソファーベッド。あっちこっちに段《だん》ボール箱がおいてあり、いたるところに本や書類《しょるい》がつまれている。机《つくえ》の上、本棚《ほんだな》、本棚《ほんだな》の上のくつ箱のなかにも、テレビの上にも。あけっぱなしのクローゼットから、なだれを起こしてはみだしているものもある。冷蔵庫《れいぞうこ》のドアに楽譜《がくふ》がはさまっているのも、ジョージは何度か見たことがあった。(ケリーがいうには、それはケリーのパパが〝冷却《れいきゃく》〟期間をおいてから、その曲にもう少し手を入れたいと考えたときなんだそうだ。)

部屋のあかりはフロアライトひとつだけなので、すみのほうは暗がりになっている。

ケリーのお父さんはミュージシャンだが、ステージで演奏《えんそう》することはめったにない。そのかわり、ほかの人が演奏《えんそう》する曲をつくる。パパは有名な人たちのために作曲してるんだ、とケリーはいうけれど、ジョージが知らない人ばかりだった。ジョージの家に食事に呼《よ》ばれると、ケリーはジョージのママの前で歌手やバンドの名前をならべるのが好《す》きだった。ママは何人かの名前を知っていた。

きょう、ケリーのお父さんは床《ゆか》のまんなかにすわって、両手で持った紙を熱心《ねっしん》に見つめていた。まわりには楽譜《がくふ》の山が十個《こ》ぐらいできていて、楽譜《がくふ》は、ばらのものも、とじてあるものもある。山のいくつかは五十センチをこえていそうだった。ケリーのお父さんは手に持った一枚《まい》を、うしろでいまにもくずれそうになっている山にのせた。

「パパは、ただいまおかたづけ中なんだ!」ケリーが高らかにいった。「感想は?」

「わお。」

ジョージは答えた。このちらかりようについては、そのひとことしかいいようがない気がした。

「まずちらかさないと、かたづけられないからな。」

ケリーのお父さんが、音楽に負けじと声をはりあげた。楽譜《がくふ》のあいだをぬってステレオまでいき、ボリュームをさげた。

「やあ、ジョージ。」

「こんにちは。」

ジョージは、ケリーのお父さんをどう呼《よ》んだらいいかわからない。〝アーデンさん〟では、ケリーのお父さんみたいな人にはかたくるしすぎる。でも、おとなをファーストネームで呼《よ》ぶのはへんな気がする。本人からは、「ポールと呼《よ》んでくれ。」と何度もいわれたけれど。ジョージにとっては〝ケリーのパパ〟にほかならない。でも、〝ケリーのパパ〟は、そう呼《よ》ばれたいと思ってない気がする。

「きょうは、大物役者になりにきたのかな？」

ケリーのお父さんは、楽譜《がくふ》の山の上から箱をひとつ持ちあげ、ちらかっている床《ゆか》におろした。

「そんなとこです。」

ジョージは答えた。

「さ、練習をはじめようよ。」

ケリーはジョージの手をつかみ、しみのついたベージュのカーペットをふんで自分の部屋の入り口までいった。

「おかたづけプロジェクト、楽しんでね、パパ。用があるときはノックしてよ。しずかに。あたしたち、何回も練習しなきゃいけないせりふがあるんだ。とってもだいじなせりふなんだから。」

「かしこまりました！」

ケリーのお父さんはしっかりうなずいてから、正面の山にのったつぎの楽譜《がくふ》に目をもどした。

ケリーの部屋に入ると、別世界《べっせかい》に足をふみいれたみたいだった。机《つくえ》と鏡《かがみ》つきのたんすは一点のよごれもないし、ベッドはきちんと整《ととの》えられ、かべには、額《がく》に入った何十枚《まい》もの写真がかっこうよくかざられている。ローズピンクのカーペットには掃除機《そうじき》をかけたばかりらしいあとがのこり、空気はレモンみたいなにおいがした。

「わお、ケリー。この部屋、いつもよりもっときれいだね。」

「あたし、かたづけ祭りをしたところなんだ。それで、パパもやる気になったわけ。」

「ケリーがお父さんに、かたづけ方を教えるといいかもよ。」

「ないない！　パパはね、なくしたものを見つけるのが半分楽しみなんだ。金脈《きんみゃく》をさぐりあてるみたいなんだって。それはそうと、あたし、ジョージの思いつき、すごくいいと思うよ。」

「思いつきって？」

「シャーロット役のオーディションを受けるって話。ユーデル先生、きっとよろこぶよ。そんなにシャーロットが好《す》きなのねって思って。ジョージは男子で、シャーロットは女の子なのにさ。おしばいって、要《よう》は、ふりをするってことじゃん。」

「ええと……。」

ジョージにいえたのはそれだけだった。ジョージが女の子の役を演《えん》じるのは、ふりをするというのとはちがう。でも、ケリーにそのことをどう説明《せつめい》したらいいかわからなかった。それに、ケリーがいったん話しはじめると、とめるのはむずかしい。ジョージのママは、ケリーは大きくなったら弁護士《べんごし》になるといいんじゃないかしら、といっている。そんなものになろうとしたら、パパがあたしをうったえるって、ケリーはいうけど。

「きっとさ、」ケリーが話をつづけた。「先生はジョージに役をくれるよ。ユーデル先生、いつもいってるじゃん。人がどう思うかを気にして、ものごとをえらんではいけませんって。そこをはっきりさせるためにもさ。」

「でもね、こんどの劇《げき》だけの話じゃないんだ。」

ジョージは、なんとか説明《せつめい》しようとした。

「もちろんちがうよ。舞台《ぶたい》で男が女を演《えん》じるのは、むかしからやられていたことなんだよ。シェークスピアの時代は、どの役も男がやってたって知ってる？　女の子役もそうだったんだって。キスシーンがあるときも！　信《しん》じられる？」

男の子とキスすることをちらっと考えると、ジョージはくすぐったいような気持ちになった。シェークスピアの時代に生きるのって、そんなに悪くないかもしれない。たとえ、むかしはトイレがみんな外だったにしても。

ケリーが先をつづけた。

「ロミオもジュリエットも、男の人が演《えん》じたんだって。男の人だよ！　考えてみて。ウィリアム・シェークスピア自身がジュリエットを演《えん》じたかもしれないんだから。シャーロットになりたいんなら、ジョージもほかの子とおなじようにオーディションを受けなよ。じゃなきゃ不公平《ふこうへい》だもん。あがっちゃったらね、見ている人はみんなはだかだって想像《そうぞう》すればいいって、パパはいってる。」

そうするとなにがいいのか、ジョージにはわからなかった。

「ねえ、ケリー。」

「うん？」

「きみのパパは変《か》わり者《もの》だよ。」

「そんなこと、わかってるよ。」

ケリーは部屋のまんなかに立つと、舞台《ぶたい》にいるみたいに数回おじぎをした。緊張《きんちょう》したようすで周囲《しゅうい》を見まわし、想像上《そうぞうじょう》のお客さんを指さして、大きな声でいった。

「あなたたちの前で演技《えんぎ》なんかできるわけがないでしょ？　みんな、はだかなんだもの！これって、ものすごく失礼《しつれい》なことよ！」

ケリーがくすくす笑《わら》いだし、ジョージも笑《わら》いだすと、しまいには二人とも床《ゆか》にころがり、おなかをかかえて笑《わら》いはじめた。ときどき、「こんな状況《じょうきょう》で演技《えんぎ》はできないわ！」とか「わたしのリムジンはどこ?」とか「マネージャーを呼《よ》んで！」とか、わめきながら。しばらくして、息が切れ、ほっぺたがいたくなってくると、くすくす笑《わら》いの間隔《かんかく》があくようになった。

とつぜん、ケリーが決意の表情《ひょうじょう》でぱっと立ちあがった。

「さ、練習しよう。」

ケリーは、机《つくえ》のいちばん下の引き出しをあけた。引き出しのなかは、色とりどりのフォルダーでたくさんのプリントが整理されていた。ケリーは手前のフォルダーからプリント二枚《まい》をとりだすと、引き出しをしめた。

「きのうの夜、パパのプリンターでコピーをとったんだ。」

ケリーはジョージのほうにプリントを一枚《まい》、ぐいとさしだした。オーディション用の台本だ。いちばん上に、大きな字で〈シャーロット〉と書いてある。もとは太いサインペンで書いた字だ。その下には、シャーロットとウィルバーが最初《さいしょ》にかわすせりふ。女子はみんな、どの役をやりたいかに関係《かんけい》なく、オーディションでシャーロットのせりふをいうことになっている。男子は、ウィルバーのせりふでオーディションを受ける。

「ジョージが先にシャーロットやって。」

ケリーはカーペットに両手両ひざをつき、正面に台本をおいた。ジョージを見あげて、ブヒブヒと鳴きまねをする。ジョージはクモらしく、なるべく高いところに立とうとして、ベッドの枕《まくら》の上に乗った。

演技《えんぎ》をはじめると、ジョージはびっくりした。緊張《きんちょう》すると思ったのに、シャーロットのせりふを声に出していうのは、しぜんに感じられたからだ。場面は、あっというまにおわってしまった気がした。

「交替《こうたい》だよ!」

ケリーがそういって、ベッドにとびのり、あおむけになった。巣《す》からさかさにぶらさがるクモをまね、頭をベッドの横からたらすようなかっこうになる。

「準備《じゅんび》オッケー。」

大きな声でいった。

ジョージはベッドからおり、床《ゆか》に足をくんですわった。ウィルバーのせりふを読みあげると、いまさっき自分がいったシャーロットのせりふが、ケリーから返ってきた。またシャーロットを演《えん》じる番がまわってきたときは、うれしくなった。ベッドのいちばん高いところに上品な身のこなしでのぼると、クモのように両手両足をのばした。ケリーは床《ゆか》にとびおり、ブヒブヒと鳴いた。

「ごきげんうるわしくていらっしゃる？」

ジョージが大きな声でいい、もう一度、場面がスタートした。シャーロットのせりふをいうのは、とても気持ちがよかった。

二人は、プリントを見なくてもほとんどのせりふがいえるようになるまで、役を交替《こうたい》しながら練習した。しまいに、ケリーがずっとウィルバーをやるといいだし、ジョージはよろこんでシャーロット役をくりかえし演《えん》じた。

「いいの？」

と、ジョージはきいた。シャーロットのせりふなら、一日じゅうでもいっていられる。

「あたしも楽しんでるもん！」ケリーは答えた。「それに、ジョージのほうがシャーロット役うまいし。あたしは、最初《さいしょ》のせりふでつっかえちゃうんだよね！」

たしかにそのとおりだった。ケリーは、「ごきげんうるわしくていらっしゃる？」が「ごきげんうるわくしていらっしゃる？」になってしまうのだ。このせりふは、ウィルバーにはじめて会ったとき、ことばをたくさん知っているシャーロットがつかう、きどったあいさつで、だいじな最初《さいしょ》のせりふだ。

「役はほかにもある。あたし、最初《さいしょ》にウィルバーをたすけるファーン役をやってもいいな。『父さん！　おの持って、どこへいくの？』とかいって。」

ケリーは両手を上にあげて、おのでウィルバーを殺《ころ》しにいくエラブルさんをとめる演技《えんぎ》をした。

「おの？　なんの話かな？」

ケリーのパパがドアをあけて、首だけつっこんでいった。

「パパは、おのなんて持ってないぞ。だんぜんベース派《は》だからな。ボ、ボン、ボン、ボン、ボン、ボン。」

指でウェストのところをたたいて、ベースをひいているまねをする。

「いまのしゃれ、わかったかな？　おのとベースのところ。」

「いいかげんにしてよ、パパ。」

ケリーはお父さんをにらんだ。ジョージは意味がわからず、あいまいにほほえんだ。

ケリーがジョージのほうをむいた。

「大物ぶるのが好《す》きなリードギタリストは、自分のギターを『おの』って呼《よ》ぶんだって。そのほうが、かっこよくきこえると思って。」

ケリーはお父さんに目をもどした。

「まずノックしてって、いわなかったっけ？　あたしたち、リハーサルしてたんだから。」

「練習をはじめてからずいぶん時間がたったから、のどがかわいたんじゃないかと思ってね。冷蔵庫《れいぞうこ》に白ぶどうジュースが入ってるよ。」

「それなら、お父さま。」ケリーはもったいぶった口調でいった。「じゃましてもぜんぜんかまわなくてよ。気がつかなかったけど、リハーサルしどおしで、のどがからから。」

「共演者《きょうえんしゃ》さんもそうだと思うよ、ミズ・アーデン。どうかな、ミスター・ミッチェル？　ジュース飲むかい？」

ジョージはうなずいた。ミスター・ミッチェルと呼《よ》ばれるのは大きらいだった。〝ミスター・ミッチェルは、フィオナって女の人とポコノ山脈《さんみゃく》に住んでます！〟とわめきたくなる。ミスター・ミッチェルというのは、ジョージの父をさす呼《よ》び方《かた》だ。兄のスコットも、いつかそう呼《よ》ばれるようになるだろう。でも、ジョージはぜったいにいやだった。

わめきたい気持ちをおさえて、ケリーといっしょに部屋から出ると、冷蔵庫《れいぞうこ》のところまでいった。ケリーが近所のバーベキュー店でもらったプラスチックのコップをふたつとって、ジュースをついだ。ケリーの家の食器《しょっき》のほとんどはプラスチック製《せい》だ。形も大きさもばらばらのガラスのコップがいくつか、棚《たな》の奥《おく》のほうにしまわれているけれど、それはだれもつかわないみたいだった。アーデン家では、しょっちゅうコップをたおしてしまうから、たぶんそのほうがかしこいのだろう。

ケリーはジュースを三口《みくち》で飲みほした。

「プハー！　白ぶどうジュースがいちばん好《す》き！」

手の甲《こう》で口をふき、流し台につみあがっている食器《しょっき》のてっぺんにコップをおいた。それから、楽譜《がくふ》のちらかった床《ゆか》のあいている場所、さっきまでお父さんがすわっていたところに腰《こし》をおろした。何度かブヒブヒと鳴いて、いちばん近くの楽譜《がくふ》の山をどかすと、あおむけになってごろごろころがり、どろのなかでうれしそうに遊ぶブタのまねをした。

ケリーのお父さんは、食器《しょっき》の山のいちばん上からケリーのコップをとりあげ、自分のためにジュースをついだ。娘《むすめ》のおどけたしぐさを見て、おかしそうに笑《わら》った。

「この部屋はブタ小屋だっていいたいのかな？」

ケリーはブヒブヒいって、力いっぱいうなずいた。

ケリーのパパはジョージのほうをむいた。

「夕食を食べていくかい？ 今晩《こんばん》は〈超《ちょう》おどろきの特別料理《とくべつりょうり》〉をつくるよ！」

「ええと、うれしいんですけど、ママが家で待ってると思うんです。」

「そうか。」

ケリーが親友の手をつかんで、いっしょに自分の部屋へともどった。二人はもう一度、せりふの練習をした。ジョージは一日じゅうでもシャーロット役を演《えん》じていたかったが、ケリーがあきたといって、カメラをとりだした。

それは銀色の小さなカメラで、ズームできるレンズが前についていた。去年の夏、誕生《たんじょう》日にプレゼントされてから、ケリーがそれで写真をとらなかった日は一日もない。ケリーは写真のフレームを決めるのが——どこまで写真に入れて、どこからうつらないようにするかを決めるのが好《す》きだった。

かべにかけてある写真の何枚《なんまい》かは、人物をとった写真だ。ケリーのパパがベースをひいている一枚《まい》。ビルおじさんが、自然志向《しぜんしこう》のヒッピーの人たちみたいにタンポポ畑で絵をかいている一枚《まい》。褐色《かっしょく》の肌《はだ》をした背《せ》の高い女の人の、きめのあらい写真。その女の人はかかとの高いくつをはいて、つやのある青いドレスを着て、マイクを持っている。かべにかかっている写真のなかで、この一枚《まい》だけはケリーがとったんじゃない。この写真についてはほとんど話をきいたことがないけれど、ジョージは、それがケリーのお母さんであることを知っていた。

でも、写真にとるのはケリーが知っている人ばかりじゃない。うんていからぶらさがって笑《わら》っている子どもや、コーヒーを飲みながらなにか考えこんでいるスーツ姿《すがた》の男の人、手をつないで公園のベンチにすわっているお年より二人。

のこりは、ありふれたものの写真だけれど、ものすごく近くによって撮影《さつえい》しているので、なにをとったのかほとんどわからなくなっていた。すりへった消しゴム、綿棒《めんぼう》の束《たば》、ギターの弦《げん》。影《かげ》みたいなもののまんなかに、かがやく銀色の三角形がうつった写真。ケリーでさえ、なにをとったのかおぼえていない。でも、その写真がジョージのお気に入りだった。

ケリーはジョージに部屋のドアを背《せ》にして立つようにいい、写真をとりはじめた。

「左足を右足の前においいて。」

そう命じられると、ジョージはいわれたとおりにしたが、ケリーはまゆをひそめた。

「だめ、もとにもどして。」

また何度かシャッターを切る。

「空を見あげて。ちがう。飛行機《ひこうき》を見あげる感じじゃなく、木の葉っぱを見つめる感じで。」

ケリーに写真をとられるのは、べつにいやじゃない。でも、ポーズをとらされるのはいやだ。とはいえ、がんこなケリーとやりあっても勝ち目はなかった。いい負かされて、さらにポーズをとるはめになるくらいなら、好《す》きにさせておくほうが早い。

ケリーはジョージに本を持たせて、指のすきまをアップでとった。つぎに野球帽《やきゅうぼう》をかぶらせ、サングラスをかけさせて、シャッターを切りつづけた。ジョージが、もういやだ、おしまいにしてよ、といいだすまで。

「外で何枚《なんまい》かとるのは？」

ケリーがきいた。

「だめ。」ジョージは答えた。「もう帰らなくちゃ。」

「わかった。どのみち、パパが〈超《ちょう》おどろきの特別料理《とくべつりょうり》〉ができたからいっしょに食べていけっていいだす前に、帰ったほうがいいもんね。」

「あのさ、〈超《ちょう》おどろきの特別料理《とくべつりょうり》〉って、なに？」

「パパが、のこりものをまとめていためるんだ。たまに、すっごくおいしくなる。ふつうは、まあまあ。でも、すんごくまずくて、ピザの配達《はいたつ》をたのまなきゃならなくなるときもある。」

ジョージはケリーにわかれをつげて、家の横のひびわれた小道を自転車をひいて歩きだした。

「ワン・トゥー・スリー……。」

ケリーが地下の窓《まど》からさけんだ。

「ズート！」

ジョージは、まだ明るさののこる夕やみにむかってさけんだ。ヘルメットをかぶり、よく知っている道を家へともどりはじめた。家々がすばやくうしろにとびさっていく一方《いっぽう》、ジョージの頭のなかでは、シャーロットのせりふがぐるぐるまわりつづけていた。


家に帰ると、ママが食料品室《しょくりょうひんしつ》の棚《たな》を見つめていた。こい茶色の長い髪《かみ》を、いつものようにポニーテールにまとめている。着ているのはポロシャツとジーンズ。毎日、職場《しょくば》で実験《じっけん》用白衣《ようはくい》の下に着ているのとおなじだ。ママはスカートよりもジーンズが好《す》きで、お化粧《けしょう》はしない。肌《はだ》によくないし、女の人はありのままでじゅうぶんきれいだと、ママはいう。たしかに、ママはきれいだ。背《せ》が高く、ジョージとおなじ明るい緑色の目をしていて、やさしそうな心からのほほえみをうかべている。

「おかえり、ジージー。」

ママは食料品室《しょくりょうひんしつ》のドアをしめながらいった。

まだ小さくて名前をちゃんといえなかったころ、ジョージは自分をジージーと呼《よ》んでいた。ママはいまだに、ジョージのことをそう呼《よ》ぶ。スコットは、それじゃ女の子みたいだというけれど。ジョージもひそかにそう思っていた。

「お兄ちゃんを見た？」

ママは夕食の献立《こんだて》を決めるために、冷蔵庫《れいぞうこ》の中味をしらべながらきいた。

「ランディの家にいったよ。」

「じゃ、今夜は、ホットドッグとベイクドビーンズにしましょう！」

スコットはベイクドビーンズが大きらいだけど、ジョージとママは大好《だいす》きなのだ。

ママが夕食のしたくをはじめたので、ジョージは二階にあがっておふろに入った。浴槽《よくそう》にお湯を入れるあいだにシャツをぬいだが、ズボンと下着はぎりぎりまで、はいたままでいた。

熱《あつ》いお湯につかると、足のあいだにあるもののことは考えないようにした。でも、それはジョージの目の前でひょこひょこゆれている。シャンプーをたくさんつかって髪《かみ》を洗《あら》い、泡《あわ》でお湯の中が見えなくなるようにした。

体をこすって洗《あら》い、水をはねかしながら立ちあがると、ふかふかした青いバスタオルで体をふいた。それから、女の子がするみたいにバスタオルをわきの下のところでまき、小さな黒いくしで髪《かみ》をとかした。髪《かみ》を前にたらして鏡《かがみ》をのぞき、そばかすのういた白い顔をじっと見つめる。それから、いつもどおりまんなかでわけて、うしろになでつけた。

自分の部屋にいくと、フランネルのパジャマに着がえた。赤い蝶《ちょう》ネクタイをした小さなペンギンのもようだ。夕食ができたわよ、というママの声がきこえたので、ジョージは階《かい》段《だん》をおりていった。

ママはもうキッチンテーブルにすわっていて、食べる準備《じゅんび》ができていた。ホットドッグにはからしがぬられ、ピクルスなどがはさんである。ママの分はパンをトーストしてあるが、ジョージの分のパンは、ジョージの好《この》みにあわせて、焼《や》かずにやわらかいままだ。

「いただきます。」

ジョージはケチャップをかけて、熱々《あつあつ》のソーセージをはさんだホットドッグにかぶりつく。

最初《さいしょ》は、二人とも無言《むごん》だった。ふだん、夕食のあいだにしゃべるのは、ほとんどスコットなのだ。でも、ジョージは、ききたくてうずうずしていることがあった。それは、くりかえしジョージの頭をよぎった。

「ママ?」

ホットドッグの最後《さいご》のひと口を飲みこんでから、ジョージはいった。自分でもほとんど意識《いしき》しないうちに、声に出していた。

「なに、ジージー?」

ジョージは口をつぐんだ。とても短い質問《しつもん》だけれど、口に出していうことはできなかった。

〝ママ、ぼくが女の子だったらどうする?〟

何か月か前、ジョージはティナというきれいな女の人を、テレビのインタビュー番組で見た。金色がかった褐色《かっしょく》の肌《はだ》をしていて、ゆたかな髪《かみ》を部分的《ぶぶんてき》に金色にそめ、つめは長く、かがやいていた。ティナは、生まれたときは男の子だったそうで、インタビュアーは、〝手術《しゅじゅつ》〟をしたんですかときいた。ティナは、わたしはトランスジェンダー*の女性《じょせい》で、わたしの足のあいだになにがあるかは、わたしとわたしの恋人《こいびと》以外《いがい》の人には関係《かんけい》ないと答えた。

こうして、ジョージはそれが可能《かのう》なことを知った。男の子が女の子になることはできるのだと。以来《いらい》、女性《じょせい》ホルモンをつかえば体を変《か》えられること、そうしたいという気持ちとお金があれば、一連《いちれん》の手術《しゅじゅつ》を受けられることを、インターネットで読んで知った。〈性転《せいてん》換《かん》〉というのだそうだ。十八歳《さい》になる前から、ホルモン療法剤《りょうほうざい》というのをつかうことだってできる。そうすると、体のなかにある男性《だんせい》ホルモンのせいで体が男っぽくなってしまうのを、ふせげるらしい。ただし、それには親の許可《きょか》が必要《ひつよう》になる。

「ジョージ、ママにはなんでも話してちょうだい。」

ママはジョージの手を片手《かたて》でにぎり、その上にもう一方《いっぽう》の手をかさねた。

「なにがあっても、ママに話してだいじょうぶよ。あなたを愛《あい》する気持ちは変《か》わらないから。あなたはいつまでも、わたしのかわいい息子《むすこ》よ。それはぜったいに変《か》わらないわ。おじいさんになっても、愛《あい》する息子《むすこ》のままよ。」

ジョージは口をひらいたが、ことばはひとつも出てこず、〝ちがうんだ！〟という思い

*トランスジェンダー……心の性別《せいべつ》と体の性別《せいべつ》が一致《いっち》しない人。

だけがこみあげてきた。ママが力になろうとしてくれているのはわかっている。でも、ジョージがかかえているのは、ふつうの問題ではなかった。ヘビがこわいわけでも、算数のテストでひどい点数をとったわけでもない。ほんとうは女の子なのに、それをだれも知らないのだ。

「ママ、チョコレートミルク飲んでもいい？」

「まあ、ジージー、いいにきまってるでしょ。」

ママは冷蔵庫《れいぞうこ》へいった。

パパが家を出ていってすぐの何週間か、ママは毎晩《まいばん》、寝《ね》る前にジョージにチョコレートミルクを飲ませてくれた。二人とも、なにもいわなかった。なにもいうことがなかったからだ。でも、あのときのことは、ジョージが好《す》きな思い出だ。ママと、ただすわっていた。ママはぜったい、ジョージをおきざりにしたりしないと感じながら。

ジョージはいつも、ママにすぐおやすみのキスをしてしまいたくなくて、時間をかけてチョコレートミルクを飲みおえた。ママは、ほとんど空《から》になったグラスを受けとると、口の上でさかさにし、最後《さいご》の一滴《てき》を飲む。ジョージはかならず、その最後《さいご》のひと口をのこしておくようにした。

チョコレートミルクをたっぷりついだグラスを持って、ママがテーブルにもどってきた。まぜたてで泡《あわ》が立っている。飲むと、口のなかにあまみがひろがった。ジョージはなめらかな泡《あわ》をじっと見つめた。泡《あわ》はもうグラスの半分くらいまでさがっている。

ちょっとのあいだ、ただ泡《あわ》を見つめてから、のこりの半分を飲んだ。味わうというより、冷《つめ》たいのどごしを感じながら。ママにグラスをわたすと、ママは舌《した》の上でグラスをかたむけ、最後《さいご》の一滴《てき》を飲んだ。

チョコレートミルクのあまさがジョージの舌《した》に薄《うす》いまくをつくり、口の先まで出かかっていたことばをつつみこんだ。いつか、どうにかして、女の子であることをママにうちあけなければならない。でも、きょうはその日じゃない。

それに、どうやってうちあけたらいいか、ジョージにはぜんぜん思いつけなかった。

4章　期待

二〇五教室の生徒《せいと》たちは、暗くて冷《つめ》たい石の階段《かいだん》をぞろぞろのぼっていった。タイルのかべに、足音が大きくこだまする。

両側《りょうがわ》のかべに手すりが二本ずつめぐらされていて、一本がもう一本よりも三十センチほど高くなっている。むかしは赤かったのだが、年月とともに塗装《とそう》がはげ、オレンジ色と緑の下地や、その下の金属《きんぞく》がのぞいているところがある。

女子は右側《みぎがわ》の手すりに手をそえて階段《かいだん》をあがる。男子は左側《ひだりがわ》の手すりをつかい、階段《かいだん》のなかほどにある踊《おど》り場《ば》をぐるっとまわる。

二階の掲示板《けいじばん》には、下級生が色画用紙でつくったウィルバーとシャーロットが、ずらりとはられている。

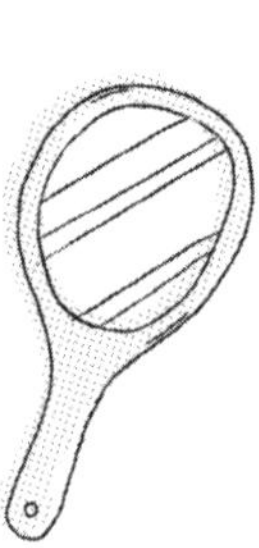

ろうかのいちばん奥《おく》にはマルドナド校長先生が立ち、生徒《せいと》がそれぞれの教室にしずかに入っていくように、無言《むごん》で笑顔《えがお》もうかべずに見まもっていた。

各教室では、ものがいっぱいのった机《つくえ》に先生が授業《じゅぎょう》計画書をひろげ、ホワイトボードに課題《かだい》を書いて待っている。

二〇五教室では、朝の日記の課題《かだい》がきれいな字で書いてあった。

〈もし、なにか色になれるとしたら、あなたは何色になりますか？　その理由を五つ以上《いじょう》の文で説明《せつめい》しなさい。〉

クラスのいつもの朝がはじまり、いすをひくキキーッという音、上着のチャックをおろす音につづいて、鉛筆《えんぴつ》でノートに書きこむカリカリという音がきこえはじめた。

鉛筆《えんぴつ》けずり機《き》にならぶ生徒《せいと》がいなくなり、ほぼ全員が日記を書きおえたところで、ユーデル先生が、きょうの日記を読みあげたい子に手をあげさせた。

ジャネルは、赤むらさき色になりたい、なぜなら、あざやかさと暗さの両方を持っているからだといった。クリスはオレンジ色になりたいといった。食べものの名前がついているからだそうだ。

ジョージは、みんなに女の子だと知ってもらえるよう、ピンクになりたかった。でも、そうは書かなかった。書いたのは、朝焼《あさや》けの空のようなすみれ色になりたいということだった。

手をあげて日記を読みたいとは思わなかった。この時間に手をあげたことは一度もない。ユーデル先生は、それでもかまわないといった。日記は個人的《こじんてき》なものだから。

日記の時間のおわりに、ユーデル先生が生徒《せいと》たちに呼《よ》びかけた。

「きょうは、首を長くして待っていた人がおおぜいいる、だいじな日ですね。〝リハーサル〟をしてきた人もいるでしょう。」

教室がざわめき、女子のあいだからはくすくす笑《わら》う声がもれた。シャーロットのせりふを読んだときのことを思い出すと、ジョージは体にぬくもりがひろがるのを感じた。

「オーディションは午後一時半からはじめます。」

ユーデル先生が話をつづけると、教室のあちこちからうめき声がきこえた。まだ何時間も先だ。

「授業《じゅぎょう》に集中せず、こっそり台本を見ている人がいたら――それと、一時半になる前にオーディションについて質問《しつもん》した人もですけど。」先生は効果《こうか》をねらって、間《ま》をおいた。「劇《げき》に出る資格《しかく》がないと見なします。」

この話はこれでおしまいというしるしに、先生はきっぱりとうなずいてみせた。午前中の算数、読書、理科の時間はのろのろとすすみ、みんな午後になるのが待ちどおしくてしかたなかった。

「サヤインゲンとスパゲッティなんて、食べたい人いないでしょ。」

細長いテーブルにオレンジ色のトレーをおきながら、ケリーが口をゆがめた。学校の食《しょく》堂《どう》は地下にあり、格子《こうし》のはまった窓《まど》はタイルのかべの上のほうについていて、あまり光が入ってこない。大きな部屋を照《て》らすのは、高い天井《てんじょう》にならんだ細長い蛍光灯《けいこうとう》だけといっていい。

ジョージはすでに席《せき》につき、先割《さきわ》れスプーンでやわらかすぎる野菜《やさい》をつついていた。顔を近づけてくんくんかいでみたけれど、なんの香《かお》りもしなかった。くさった牛乳《ぎゅうにゅう》のにおいがかすかにただよってくるだけ。それはテーブルに深くしみこみ、どんなにたくさん漂白《ひょうはく》剤《ざい》をつかっても消えないのだ。

「サヤインゲンは、なにといっしょでも食べたくないよ。」

ジョージは鼻にしわをよせた。

「サヤインゲン、あたしは好《す》きなんだ。パパがオリーブオイルをちょっとたらして、ニンニクといっしょにソテーしてくれると――。」

ケリーは指を口に近づけ、キスしてからぱっとひろげた。

「おいしーい！　めしあがれって感じ。でも、これは――。」

ケリーは、くたくたになったサヤインゲンを親指と人さし指でつまんだ。

「スパゲッティよりもやわらかくなってる！　スパゲッティもゆですぎだし！　パスタはアルデンテになってなきゃいけないのに、なってない。『アルデンテ』っていうのは、イタリア語で『歯ごたえがある』って意味なんだよ。まんなかはまだちょっとかたくて、だから、しっかりかまなきゃならないんだ。」

ケリーは先割《さきわ》れスプーンでスパゲッティを数本すくいあげ、ゆらゆらとゆらした。

「これはアルデンテになってない。それぐらい、あたしにもわかる。」

ジョージは肩《かた》をすくめ、先割《さきわ》れスプーンをくるっとまわしてスパゲッティをまきつけた。

食堂《しょくどう》はすでにうるさかったが、ますます話し声が大きくなっていった。三年生から五年生までののこりのクラスが給食《きゅうしょく》の列にならび、細長いテーブルにつぎつぎついていく。

「ねえ、練習したい？」

ケリーがきいた。

「ここではいやだ。」

ジョージは、こんでいるテーブルをあごでさした。シャーロットのせりふを暗唱《あんしょう》しているところを、クラスのほかの子にきかれたくない。

「シャーロット役に決まったら、みんなにもわかることじゃん。」

ケリーがいった。

「その場合は、話がちがうもん……〝もしも〟だし。」

どう話がちがうのか、ジョージにもよくわからなかった。そこで、それについては考えないようにした。

「ま、いいよ。休み時間に練習しよ。」

ケリーはポケットからこっそりカメラをとりだし、くたくたのサヤインゲンとスパゲッティの写真をとりはじめたが、補助指導員《ほじょしどういん》のフィールズさんが、ケリーのほうを見てけわしく顔をしかめ、カメラをしまいなさいといった。フィールズさんは、ぼさぼさの白髪頭《しらがあたま》、しわしわのプルーンみたいな顔をした背《せ》の低《ひく》い女の人で、なんでもかんでもだめだという。背中《せなか》をまるめて歩くせいで、よけいに背《せ》が低《ひく》く見え、しわもじっさいより多く見えた。

「給食《きゅうしょく》の時間に、芸術家《げいじゅつか》は歓迎《かんげい》されないんだよね。」

ケリーはぶつぶついいながら、カメラをポケットにしまった。

外に出ると、学校のうらに立つ家々の庭から、松《まつ》の木のにおいがただよってきた。昼休みの校庭は、百人近い生徒《せいと》たちでにぎやかだった。ときおり、さけび声や笑《わら》い声《ごえ》が、そしてたまに、耳をつんざくようなフィールズさんの笛の音がひびきわたる。

マディとエマと数人の女子が輪《わ》になって、好《す》きなテレビ番組〈平凡《へいぼん》じゃない!? ジェーン〉と、来月、その番組のメインキャストであるジェーン・プレーンのコンサートにいくのをゆるしてもらえるかどうかについて、おしゃべりしている。

ジェフのまわりにも子どもたちが集まり、新しいスマホを見せてもらおうとしていた。フィールズさんに見つかったら、とりあげられてしまうため、ジェフのまわりの少年たちは体をよせあっていた。だれ一人、手に持つことはゆるされなかったけれど、えらばれた数人は画面にさわらせてもらえた。

ケリーとジョージは、練習できるしずかな場所を校庭のはしっこに見つけた。ケリーがポケットから台本のプリントをひっぱりだした。

ジョージはせりふを全部おぼえていたので、一度も台本を見ずにいえた。でも、心臓《しんぞう》がどきどきするあまり、しゃべり方が速くなりすぎ、どのせりふも最後《さいご》をのみこむような感じになってしまった。

ケリーがせりふをいっているあいだは、だれにも見られていないことをたしかめるために、ちらちらとうしろをうかがわずにいられず、二回に一回は話すタイミングをまちがえた。

ひととおりおわると、ケリーが顔をしかめた。

「いまのは最高《さいこう》のできじゃなかったよ。」

「わかってる。」

「もう一回やる？」

「いい！」

ジョージのするどい声をきいて、そばにいた三年生数人がこちらをふりむいた。ジョージは声をひそめた。

「ううん、やらなくていいよ。ここだと、みんなにきこえちゃう。ユーデル先生と二人になったら、ちゃんとできる。」

「なんでそんなに大さわぎするのか、わかんない。」ケリーはいった。「劇《げき》のなかで女の子を演《えん》じたいからって。〝ほんとうに〟女の子になりたい、っていうのとはちがうし。」

ジョージの顔から血《ち》の気《け》がひいた。まわりの気温が急に高くなったように感じた。

「どうしたの？」と、ケリー。

ジョージは口をあけたが、ことばがひとつも出てこなかったので、もう一度とじた。ひきつった声で笑《わら》いだした。ジョージの笑《わら》い声《ごえ》があたりにひびき、まもなくケリーも、なにがおかしいのかわからなかったが、くすくす笑《わら》いだした。ジョージは頭がおかしくなったみたいな笑《わら》い方《かた》になり、くらくらしてきた。ひざから力がぬけて、地面にへたりこんだ。

ケリーは一人とりのこされるのがいやで、自分も舗装《ほそう》された黒い地面にすわりこんだ。

校庭にいる子どもたちは見むきもしなかったけれど、フィールズさんはちがった。

「立ちなさい、あなたたち！　どんな動物がそこでおしっこをしたか、わからないでしょ！」

ケリーがいきおいよく立ちあがり、手をさしのべたので、ジョージはその手をとり、ケリーにひっぱられて立ちあがった。

「フィールズさんの頭におしっこする動物がいればいいのに。」

ケリーはささやき声でいってから、ジョージにきいた。

「ところで……あたしたち、なんで笑《わら》ってたんだっけ？」

ジョージは親友の顔をまじまじと見た。

「まじめにきいてるの？」

「もちろん、まじめだよ。」

ケリーのしんけんな表情《ひょうじょう》を、明るい日ざしが照《て》らしている。

「あたしは、いつもまじめだもん。例外《れいがい》は、えっと、まじめじゃないとき。でも、いまこの瞬間《しゅんかん》は、まじめだよ。」

「でも、ケリーが自分でいったんだよ！」

ジョージは、ほっとしたらいいのか、あわてたらいいのか、わからなかった。女の子だということを、ケリーに見ぬかれたわけじゃなかったんだ。かん高《だか》くなった声に不安《ふあん》な気持ちが出ていた。

「あたしがいったことって……。」

ケリーは、ちょっとのあいだ口をつぐんだ。

「なにいったっけ？　ていうか、あたし、前から冗談《じょうだん》が得意《とくい》だって自信《じしん》はあったけど、知らないうちにそこまでおもしろいことがいえる、お笑《わら》いキャラだとは思ってなかった。」

ジョージは口をひらきかけたが、ママに対してといっしょで、頭のなかであかあかとかがやいていることばを口に出していうことはできなかった。

〝ぼくは女の子なんだ。〟

早く、昼休み終了《しゅうりょう》のベルが鳴ればいいのに。

「オーディションのことで、緊張《きんちょう》してるの？」

ケリーがたずねた。

「緊張《きんちょう》なんかしちゃだめだよ。パパがね、男が伝統的《でんとうてき》な男女の役割《やくわり》にとらわれないことをするのは、フェミニズム*のためにいいことだって。芸術家《げいじゅつか》は、自分のなかの女性的《じょせいてき》な部分とふれあうことがだいじだ、ともいってた。」

去年の夏、ジョージがパパの家で見た雑誌《ざっし》にも、おなじことばがのっていた。あれは、〈自分のなかの女性的《じょせいてき》な部分とふれあう10の方法《ほうほう》〉という記事だった。ジョージはわくわくしながら読んだあと、がっかりした。書いてあったのは、自分の感情《かんじょう》とじっくりむきあうということで、それなら、ジョージはすでに、いやというほどやっていたからだ。さらに悪いことに、記事には、女性的《じょせいてき》な部分を見つければ、いまよりも男らしくなれると何度も書かれていた。

「この話は、もうやめにしない？」

ジョージはきいた。ジョージが劇《げき》でシャーロットになりたいと思っていることを、大さ

*フェミニズム……性《せい》による差別《さべつ》に反対し、女性《じょせい》の権利《けんり》と自由を主張《しゅちょう》する考え方や運動。

わぎすることじゃない、とあっさりいわれるのは、くだらないとばかにされるよりも、なぜかきずついた。問題をぜんぜんわかってもらえてないみたいで。

「やれやれ、あんたって、ほんと金庫みたい！」

「え？」

ケリーは肩《かた》をすくめた。

「わかんないけど。パパがそういうんだ。」

「ケリー。」

ジョージはケリーの肩《かた》をつかみ、おなかのあたりがむずむずするのを無視《むし》して、すごくまじめな口調でいった。

「気づいてないかもしれないけど、ケリーのパパって、やっぱり変《か》わり者《もの》だよ。」

心の奥底《おくそこ》では、自分のほうがもっと変《か》わり者《もの》なんじゃないかと、不安《ふあん》になっていた。

5章　オーディション

昼休みがおわると、書きとりの小テストのあと、てこや滑車《かっしゃ》についての理科のドリルをやったが、ジョージの頭からは、シャーロット役のオーディションのことがはなれなかった。もしかしたら、ケリーのいうとおり、ユーデル先生はジョージがありのままの自分を出そうとしたことをほこらしく思い、シャーロット役をくれるかもしれない。

時計の長針《ちょうしん》はのろのろとしかすすまず、短針《たんしん》はほとんど動かないように見えた。

ようやく、フィールズさんがしわしわの手で、教室のドアの厚《あつ》いガラス窓《まど》をコツコツとたたいた。ユーデル先生はフィールズさんをむかえいれた。ろうかでオーディションをするあいだ、ほかの子どもたちの監督《かんとく》をしてもらうためだ。食堂《しょくどう》の外で会うと、フィールズさんはラムネ菓子《がし》みたいなにおいがした。

「みんな、時間までよく待ちましたね。」

ユーデル先生はケリーの顔をまっすぐ見て、ウィンクした。

「役者としてのみんなの力をためすときが、ついにきました。オーディションを受けた人は、一人のこらず役がつきます。」

ユーデル先生は、二〇五教室の生徒《せいと》と、二〇七教室をつかっているジャクソン先生のクラスの生徒《せいと》をオーディションすることになっている。おもな役は、それぞれのクラスに半分ずつふりわけられる予定だ。ユーデル先生は自分の木のいすを、教室の出入り口のほうへ音をたてておしていった。

「これから、みんなには、それぞれシャーロットかウィルバーのせりふを読んでもらいます。でも、ファーンやテンプルトン、そのほかの役を演《えん》じる人も決めます。このオーディションを受けないと、劇《げき》には出られません。舞台《ぶたい》には立ちたくないという人も、心配はいりませんよ。ジャクソン先生が、器用《きよう》な人を裏方《うらかた》として必要《ひつよう》としていますからね。」

「おれ、すんごく心配してたんだ。」

ジェフがぶつぶついった。

「フィールズさん。」

ユーデル先生がふりかえった。小がらなフィールズさんは、予備《よび》のいすをユーデル先生の机《つくえ》の前までひっぱってきて、すっかりくつろいでいた。

「おそくまでのこってくださって、ありがとうございます。ほんとうにたすかります。」

「演劇《えんげき》のためなら、なんでもしますよ。」

「おぎょうぎが悪くて、劇《げき》に参加《さんか》させられないと思われた生徒《せいと》がいたら、教えてください。その子たちにぴったりの仕事があるはずですから。」

「給食室《きゅうしょくしつ》ではいつでも、若手《わかて》の洗《あら》いもの係がいると便利《べんり》でしょうね。」

フィールズさんがみんなにきこえるようにいった。

ユーデル先生は生徒《せいと》たちのほうにむきなおり、色つきのカードの束《たば》をふってみせた。

「オーディションを受けたい人には、番号が書いてあるカードをわたします。カードの番号がオーディションの順番《じゅんばん》になります。女子が先、それから男子です。せりふは暗記しなくてもいいけれど、気持ちをこめてはっきりいうように。みんながいうのは自分のせりふだけです。ほかの登場人物のせりふは先生が読みます。待っているあいだ、声に出さずに自分のせりふの練習をしていてもいいですよ。練習をしたくない人は、宿題をやってもいいでしょう。」

ユーデル先生が、オーディションを受けたい男子は手をあげるようにといった。そこでジョージは手をあげた。頭の高さまで。

ユーデル先生は青いカードを六枚《まい》かぞえ、切ってから、新しくコピーしたせりふのプリントといっしょにくばった。ジョージは六番。最後《さいご》だ。順番《じゅんばん》がまわってくるまで、いちばん長く待つことになる。太字で書かれた〈ウィルバー〉という文字が、こちらを見あげている。ジョージはぐったりといすの背《せ》にもたれて、プリントをうらがえしにした。

ユーデル先生は、指をぴんとのばして手をあげた女子九人にピンク色のカードをくばり、それぞれに口の動きで番号をつげた。

「よーし！」

ケリーが歓声《かんせい》をあげ、ジョージのほうに指二本をV《ブイ》サインのようにして見せた。

ジャネルが立ちあがり、一番と書かれたカードをふった。ジャネルがドアをおさえているあいだに、ユーデル先生はいすをおしながらろうかに出た。ジャネルもそのあとにつづいた。

耳をすましても、教室のなかのつぶやき声や紙のガサガサいう音がうるさくて、ろうかからの声はまったくきこえない。

ジョージは宿題に集中しようとした。月曜日の宿題は、いつも時間がかかる。単語《たんご》のつづりのほかに、つかい方もおぼえなければならないからだ。ユーデル先生は、ちゃんと辞《じ》書《しょ》でしらべた意味を書いてから、その単語《たんご》をつかった例文《れいぶん》をつくりなさい、という。

フィールズさんに許可《きょか》をもらって、ジョージは教室のうしろにむかった。

辞書《じしょ》をとろうとしてかがむと、だれかがはなをすすった。もう一度はなをすすり、ばかにしたように笑《わら》う声がきこえたので、ジョージはびくっとした。

「ああ、シャーロット。きみがいなくなって、とってもさびしいよ。」というせりふと、あざわらう声がつづいた。

ジョージは下くちびるをかみ、できるだけジェフとリックの席《せき》に近づかないよう、遠まわりして自分の席《せき》にもどった。

ジョージが席《せき》についたとき、ジャネルが出入り口から首だけ出した。ケリーがはねるように立ちあがり、いそいでろうかへと出た。しばらくして、ケリーはにこにこ顔で教室にもどってくると、きどった身ぶりとともに、つぎの子にいった。

「三番の人！」

ケリーはジョージに親指をあげてみせてから、机《つくえ》の上に前かがみになった。

数分後、教室のうしろに辞書《じしょ》をとりにいくとちゅうで、ジョージの机《つくえ》にメモをこっそりおいていった。メモは小さく折《お》りたたんであって、ひらいてみると、紙に格子《こうし》の折《お》り目《め》がついていた。書いてあったのは、

〈シャーロット、あんたはきっと、ぴかぴかにかがやくよ！

ケリー〉

ジョージはおもわずにっこりした。「ぴかぴか」は、シャーロットがウィルバーの命をすくうために、巣《す》にあみこんだことばのひとつだ。それに先週の授業《じゅぎょう》で習ったことばでもある。〝かがやくように、光をはなっている〟という意味で、ジョージにとって、これ以《い》上《じょう》すてきなほめことばはなかった。

宿題はいったん休憩《きゅうけい》にして、声を出さずにせりふの暗唱《あんしょう》をした。せりふはひとつのこら

ずおぼえていたし、どこで間《ま》をおけばいちばん効果的《こうかてき》かもわかっていた。

マディは青い顔をして教室を出ていき、もどってきたときはさらに青くなっていた。エマは、せりふの書いてあるプリントをにぎりしめていた。女子のできがひどければ、ユーデル先生はジョージがうまいことにほっとして、女の子じゃなくても気にしないかもしれない。というか、ふつうの女の子じゃなくても。

最後《さいご》の女子が教室にもどってきてからも、長い時間待たされた。ジャクソン先生のクラスの女子と男子のオーディションがあったからだ。

ようやくユーデル先生が入ってきて、男子の番だとつげた。

一番はロバートで、教室にもどってくると、「負かせるものなら負かしてみろよ、二番！」と、自信《じしん》まんまんにいった。でも、ジョージは男子のことは気にならなかった。ジョージにとってのライバルたちは、すでに席《せき》にもどり、ジェスチャーやナレーターという単語《たんご》の意味を書きうつしている。

とうとう、五番目の男子、クリスがろうかに出ていった。クリスはまるまるふとっていて、歯を見せて笑《わら》う。見たことがないほどのにこにこ顔でもどってきたかと思うと、勝ちほこるようにおどりながら席《せき》についた。

いよいよジョージの番だ。

ろうかでは、ユーデル先生がどっしりした木のいすにすわっていた。どっしりした木の机《つくえ》とそろいのいすだ。相棒《あいぼう》の机《つくえ》がいないと、ぶかっこうに見える。

「プリントを持ってないのね、ジョージ。」

ユーデル先生がいった。

「いらないんです。」

「まあ、それはたのもしいわ。つまり、練習してきたってことね。」

先生はやさしげにほほえんだ。

「それじゃ、はじめてちょうだい。」

ユーデル先生にそれ以上《いじょう》なにもいう間《ま》をあたえず、ジョージは目をとじて暗唱《あんしょう》した。最《さい》初《しょ》は早口になったけれど、そのあとすぐ、練習してきたとおりの抑揚《よくよう》で、おちついてせりふをいうことができた。シャーロットになりきり、ひとことひとことに全神経《ぜんしんけい》をそそいだ。ケリーの部屋で練習したときにもまして、自分自身のことばのように感じられた。

シャーロットの独白《どくはく》がおわったので、つづくウィルバーとの会話の部分に入ろうとした。ところが、合図となるせりふがきこえてこない。目をあけると、ユーデル先生が顔をしかめていて、みけんに深いしわがよっていた。

「ジョージ、いまのはどういうこと?」

「えと……。」ジョージはいいかけたが、先がつづかない。「ええと……。」

「なにか、冗談《じょうだん》のつもりだったのかしら? だったら、あまりおもしろいとはいえなかったわ。」

「冗談《じょうだん》なんかじゃありません。やりたいのはシャーロット役なんです。」

いまはせりふをいっているのではないので、ジョージの声はさっきよりもずっと小さくなっていた。

「シャーロット役をあなたにするのは、むずかしいわ。やりたがっている女の子が何人もいるから。それに、お客さんがどんなにまごつくか、考えてごらんなさい。ウィルバーを演《えん》じる気があるなら、可能性《かのうせい》はあるわ。それか、ネズミのテンプルトンか。テンプルトンは、みんなを笑《わら》わせる役よ。」

「いいえ、いいんです。やりたいのは……やりたかったのは……。」

「それなら、しかたないわね。」

ユーデル先生は、ジョージを奇妙《きみょう》な目つきで見た。

「それじゃ、教室にもどって帰るしたくをしましょう。先生はいすがあるから、ドアをおさえていてくれる?」

ユーデル先生は、やれやれというように頭をふりながら、いすをおして教室にもどった。帰りじたくをする時間です、というと、ジョージの列を最初《さいしょ》にコートかけへいかせた。

ジョージは算数の教科書をリュックに入れながら、ほとんどきこえない声でいった。まぬけまぬけまぬけ。まぬけ。まぬけな体。まぬけな頭。まぬけな男子にまぬけな女子。みんなまぬけ。机《つくえ》の脚《あし》をけると、前の席《せき》のエマのいすにぶつかった。エマがふりかえってにらんだ。

ジョージは、まだらのしみがついたタイルの床《ゆか》をじっと見つめ、ここがうちのベッドならいいのにと思った。自分たちの列が呼《よ》ばれると、リュックをしょって、のろのろと男子の列にくわわった。床《ゆか》を見つめたまま。

校庭に出ると、ケリーがポニーテールをゆらしながら、はねるように近づいてきた。

「で？　どうだった？　先生はなんだって？　すばらしいわ、とかいった？　シャーロット役はきっとジョージだよ。」

「その話はしたくない。」

ジョージは片足《かたあし》を地面にこすりつけた。

「どうしたの？」ケリーはおどろいてジョージの肩《かた》をつかんだ。「失敗《しっぱい》しちゃったの？」

「ほっといて。」

ジョージはぐいと体をうしろにひき、自分のバスへむかおうとした。

「先生、ジョージの演技《えんぎ》を気に入らなかったの？」

「そうだよ、ケリー。先生は気に入らなかった。大きらいだって。」

「先生がそういったの？」

ケリーは目をまるくした。

「先生は、冗談《じょうだん》だと思ったんだ。」

「そっか。でも、挑戦《ちょうせん》はしたんだしさ。」ケリーは肩《かた》をすくめた。「だいじなのはそこだって、パパはいうよ。」

「うあああああああ！」ジョージはケリーにむかってわめいた。「ケリーのパパの意見なんてききたくない！」

ケリーはしょんぼりした。なにかいおうとしたものの、口をとじると、自分が乗るバスの列のほうへ歩きだした。

ジョージは自分のバスの急な階段《かいだん》をのぼり、せまい通路をのろのろとすすんだ。まるでゴムじきの床《ゆか》に足がくっついて、歩きにくいみたいに。まんなか近くにあいている席《せき》を見つけ、となりにだれもこないよう祈《いの》った。リュックをぎゅっとだきしめ、リュックと胸《むね》のあいだの暗いすきまに顔をうずめると、涙《なみだ》をこらえた。

「オーディションはうまくいった？」

その日の夕方、ママにきかれた。ママは家に帰ってきてすぐ、夕食のしたくにとりかかり、ガラスのボウルに冷凍《れいとう》の豆を入れたところだった。

「オーディションは受けなかったんだ。」

ジョージは口ごもりつつ答えた。キッチンテーブルにすわり、鉛筆《えんぴつ》で小指をたたきながら。窓《まど》からさしこんだ夕日が、分数の宿題にふりそそいでいる。

「どうして？　日曜日にケリーと何時間も練習したのに。」

「おぼえなきゃいけないせりふが、いっぱいあって。」

「ジージー、あなた、テレビでやってるコマーシャルは全部、せりふも全部おぼえてるじゃない。」

ママは、食品がいっぱいにつまった冷凍庫《れいとうこ》から魚の切り身をひっぱりだし、クッキングシートの上に六切れならべた。

ジョージは肩《かた》をすくめた。

「コマーシャルはべつ。」

「かわいい息子《むすこ》の舞台《ぶたい》が見られると思って、わくわくしてたのに。」

ママはジョージの髪《かみ》をくしゃくしゃとなでた。ジョージはひょいとママの手からのがれると、宿題に顔をうずめるようにした。二人ともしばらく無言《むごん》だったが、そのうちに玄関《げんかん》のドアがバタンとしまる音がして、スコットが帰ってきたのがわかった。

「手を洗《あら》ってきなさい。」ママがスコットにいった。「夕食がもうすぐできるから。」

「手を洗《あら》う？　どうして、おれは不潔《ふけつ》だって思うわけ？」

「あなたをよく知ってるからよ。あなたはいつも不潔《ふけつ》ですもの。さあ、手を洗《あら》ってらっしゃい。石けんをつけて！」

夕食をはじめてから、ママはスコットに学校はどうだったかとたずねた。

「すげーおもしろかった！」

スコットが興奮《こうふん》したようすでいった。

「あら、ほんとう？」

ママはうたがっているような口調だった。勉強に関係《かんけい》したことで、スコットがこんなにいきおいこんで話すのはめずらしい。

「なにがあったの？」

「体育の時間だったんだけどさ、おれたち、屋外トラックで一キロ半走らなきゃならなかったんだ。体育は六時間目なわけよ。」

スコットは話しながら、フォークをふりまわした。

「そんでさ、男子が一人、体調が悪かったってこともなかったんだけど、五時間目に昼メシ食ったんだろうな。んでもって、食べたのはぜったいマカロニ。だって、グラウンドにどばっと吐《は》いたなかにあったもんね。フィリップス先生はホイッスル吹《ふ》いて、おれたちにランニングをやめさせなけりゃならなかった。ふんじゃったら、すっころぶかもしれないから。」

マカロニときいた瞬間《しゅんかん》から、ママはこめかみをさすっていたけれど、ここまでくると完《かん》全《ぜん》に頭をかかえていた。

「スコット。」

くちびるをきっとひきむすんで警告《けいこく》した。

スコットはきこえないふりをした。

「おれ、そいつのすぐうしろを走ってたからさ、ゲロをそばで見ちゃったんだよね。まだまるまる形がのこってるマカロニもあった。マカロニチーズだったんじゃないかな、だって色が黄色——。」

「スコット!」ママがさけんだ。「ちがう話をしてくれる? 消化器官《しょうかきかん》のはたらきに、そこまで密接に関係していない話とか?」

「ごめん、母さん。たいくつな話をするよ。そうだ、ジョージの話なんてどう？　こいつはいつだって、たいくつさせてくれる。」

「あなたの弟はたいくつなんかじゃありません。」

ママがいった。

ジョージは自分の皿をじっと見つめていた。体育の授業《じゅぎょう》のことなんか考えたくもない。たとえ自分のじゃなくても。体育の授業《じゅぎょう》といえば、もっと速く走れとか、もっと力いっぱいボールを投げろとか、男子からはやしたてられる。男子の一団《いちだん》とトラックを一キロ半も走るなんて、ぜったい、いやだ。

「おまえ、ガールフレンドといっしょに出る劇《げき》はどうなった？」

スコットがきいた。

「ケリーはガールフレンドじゃないよ。」

ジョージは自分の皿を見つめたままいった。

「ジョージはオーディションを受けなかったのよ。」

ママが説明《せつめい》した。

「どうして？」スコットはおどろきの声をあげた。「まぬけなクモの芝居《しばい》に出るために、週末《しゅうまつ》ずっと練習してたじゃないか。それなのに、オーディションも受けなかったのか？」

「シャーロットはまぬけなんかじゃない！」

ジョージはフォークをテーブルに投げつけた。フォークは皿のはしにあたってはねあがり、空中でくるくるまわった。みんなの目がそそがれ、回転がまるでスローモーションみたいに見えた。フォークは天井《てんじょう》にぶつかったかと思うと、スコットの頭でバウンドし、カランと床《ゆか》に落ちた。

「いてっ！」スコットがさけんだ。「母さん、ジョージのしたこと見た？　こいつ、おれを殺《ころ》そうとした！」

「スコット、殺《ころ》そうとしたって殺《ころ》せたはずないでしょ。いまのは偶然《ぐうぜん》だし、ジョージも悪かったと思ってるわ。そうでしょ、ジージー？」

ジョージは、ぼうぜんとしてうなずいた。まだ手にフォークの重みがのこっている。

「それなら、お兄ちゃんにあやまりなさい。」

ママはそういうと、冷蔵庫《れいぞうこ》に氷をとりにいった。

「ごめん、スコット。」

ジョージはぼそぼそといった。

スコットは頭をさすって、にやりと笑《わら》った。

「おい、意外とやるじゃないか。もしけんかになったら、おまえなかなか強いと思うぞ。」

ママがビニールぶくろに氷を入れてもどってきた。スコットはビニールぶくろを頭にのせて片手《かたて》でおさえ、片手《かたて》で食事を再開した。

「やれやれ。」ママがいった。「食欲《しょくよく》が落ちたりはしなかったようね。」

魚の薄《うす》い切り身とやわらかな豆はほとんどかむ必要《ひつよう》がなく、まもなくジョージの皿は空《から》になった。ジョージは部屋にもどっていいかときき、食器《しょっき》をステンレスの流し台までかたづけた。

階段《かいだん》をかけあがり、自分の部屋に入ってドアをしめたとたん、涙《なみだ》があふれだした。ベッドにたおれこみ、枕《まくら》に顔をおしつけて泣《な》いた。シャーロットを思って。ケリーに怒《いか》りをぶつけてしまったことを思って。ユーデル先生に冗談《じょうだん》とかんちがいされたことを思って。でも、いちばん大きかったのは、自分自身のことが悲しかったからだ。

クローゼットの奥《おく》からデニムの手さげをひっぱりだし、つるつるした雑誌《ざっし》をそっとなでた。ひんやりした紙をほおにこすらせると、涙《なみだ》のあとがついて、表紙がゆがんだ。よごれてもかまわない、とジョージは思った。

この雑誌《ざっし》はすてなきゃ。一冊《さつ》のこらず。でも、ただ単《たん》にキッチンのごみ箱にすてるわけにはいかない。ママが見つけて、どこで手に入れたのか知りたがるだろう。外のリサイクルボックスに直接《ちょくせつ》入れても、だれかの目にとまるかもしれない。それに、雑誌《ざっし》のなかの友だちを、そんなにふうに乱暴《らんぼう》にすてられるかどうか、わからなかった。たとえすてられたとしても、彼女《かのじょ》たちみたいになりたいという気持ちはとめられない。

だから、雑誌《ざっし》を胸《むね》にぎゅっとだきしめた。それから、また見たくなったときのために、注意深くしまいこんだ。

6章　とりあげられて

つぎの日の朝、ママがジョージの部屋の電気をつけていった。

「いますぐ学校へいくしたくをして！　目ざましが鳴らなかったの。バスはもういっちゃったわ。二人とも、車で送ってくから！」

ママはドアをしめもせずに、「ああ、もう！」といいながら階段《かいだん》をかけおりていった。

ジョージは体をひきずるようにしてベッドから出ると、服を着て重い足どりで一階へおりた。

「リュックはどこ？」

ママは片手《かたて》で髪《かみ》をブラッシングしながら、片手《かたて》でくつをはいていた。

「二階。」

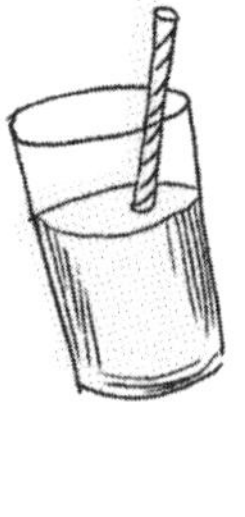

ジョージはねぼけた声で答えた。

「持ってらっしゃい。」

「朝ごはんは？」

「車のなかで食べるのよ。くつをはいてくるのをわすれないで！」

ジョージは持っていくものをリュックにつめ、スニーカーをはいて一階にもどった。

ママはすでに玄関《げんかん》の前にいて、バッグに手をつっこんで鍵《かぎ》をさがしていた。

「スコットは？」

「知らない。」ジョージは答えた。「まだベッドのなかじゃないかな。」

「二階へいってつれてきて。一分でおりてくるようにいうのよ、さもないと一週間、携帯《けいたい》なしよって。」

「かけぶとん、はがしてもいい？」

「もちろん。」

ジョージはもう一度、階段《かいだん》をあがった。今度は、はずむような足どりで。親のゆるしを得《え》て兄弟にいじわるできるなんて、めったにないチャンスだ。むだにしたらもったいない。

ママはスコットの部屋の電気をつけっぱなしにしていたけれど、スコットはいびきをかいて寝《ね》ていた。ジョージは、緑色の厚《あつ》いかけぶとんの下のほうをつかむと、ひと息にひきはがした。

「なにすんだよ！」

スコットがもんくをいった。

「ママがこうしてもいいいって、いったんだもん！　一分以内《いない》に下におりないと、一週間、携帯《けいたい》なしだってよ。」

「まったく、おれを信用《しんよう》してないんだから。こっちはちゃんと、準備万端《じゅんびばんたん》、整《ととの》えてるのにさ。」

スコットはすでに立ちあがっていた。お気に入りのジーンズと、しわくちゃの黒いT《ティー》シャツというかっこうだ。

「睡眠《すいみん》時間を最長化《さいちょうか》して、最高《さいこう》のコンディションで授業《じゅぎょう》にのぞもうとしてるんだよ。それなのに、母さんときたら、もんくばっかか。」

くせ毛を何度か手でかきあげると、ひもをゆるめてあるブーツに足をつっこんだ。それから、リュックを片方《かたほう》の肩《かた》にかけ、小走りに階段《かいだん》をおりた。ジョージもあとを追った。

「そのかっこうで寝《ね》てたんでしょ！」

ママが決めつけた。

「あたり。」

スコットは、にやっとした。

「それに、歯をみがいてないわね？」

「うん。」

スコットのにやつきが大きくなった。

「だらしないんだから。」

ママの声にあきらめがにじむ。

「十代の男子なんだから、あたりまえだろ？」と、スコット。

ママはブロックタイプの栄養《えいよう》食品を二人に一本ずつわたし、車庫にいくよう手ぶりで命じた。

「わかんないんだけどさ、おれはつぎのバスに乗ればいいだけじゃん。」

スコットは助手席《じょしゅせき》にすわって、シートベルトをしめながらいった。ジョージとちがって、スクールバスではなく、市バスで高校にかよっているからだ。

「つぎのバスは四十五分たたないとこないでしょ。それを待ってたら、一時間目に出られないわ。」

ママはバックで車庫から車を出し、そのまま私道《しどう》をすすんだ。

「たかが英語《えいご》の授業《じゅぎょう》じゃないか。英語《えいご》なら、おれはもう、たいへんおじょうずなんですけど。」

「笑《わら》わせてくれるじゃない、スコット。」

ママは運転しながら、新しい目ざまし時計を買わなきゃ、あなたたちももう大きいんだから自分で起きられていいはずよ、だからこそスコットには去年のクリスマスに目ざまし時計を買ってあげたのに、と一人でしゃべりつづけた。

後部座席《こうぶざせき》にすわったジョージは、窓《まど》の外を見て電柱をかぞえていた。まだ小さかったとき、おじいちゃんから教わったのだ。電柱をつづけて百本かぞえられたら、電気の妖精《ようせい》に願《ねが》いをひとつかなえてもらえると。いまはもう電気の妖精《ようせい》を信《しん》じているわけじゃないし、なにを願《ねが》ったらいいのかわからないときもあるけれど、電柱をかぞえるのは、ジョージにとって気持ちがやすらぐ習慣《しゅうかん》になっていた。

二〇五教室は、コートかけに上着やリュックをかける子どもたちでにぎわっていた。マディとエマが、鉛筆《えんぴつ》けずり機《き》の横で女子の一団《いちだん》にかこまれている。前の晩《ばん》、マディのお姉さんにおそろいで髪《かみ》を部分的《ぶぶんてき》にピンクにしてもらい、それを見せびらかしているらしい。

ユーデル先生がそれとなくジョージを指さし、先生の机《つくえ》までくるようにと合図した。先生の机《つくえ》は、学校が建《た》ったときからこの部屋にあるにちがいない。ユーデル先生より年上の可能性《かのうせい》もある。最初《さいしょ》にぬられていた塗料《とりょう》は、あちこちはがれ落ちてしまっているし、深い傷《きず》がついているところもある。つめを強くくいこませたら、ワックスみたいなつや出しにあとがつくだろう。

「きのうはびっくりさせられたわ、ジョージ。」

ユーデル先生の頭には老眼鏡《ろうがんきょう》がのっていた。

「あなたをシャーロット役にするのはむりなのよ、いうまでもないけれど。あの役をやりたい女の子がいっぱいいるから。」

「わかってます。」

早く席《せき》につかせてほしいと、ジョージは思った。

「でもね、」ユーデル先生は話をつづけた。「あなたの演技《えんぎ》はよかったわ。あなたには、作品に対する思い入れと情熱《じょうねつ》がある。ほかの役は、ほんとうにやりたくない？　ウィルバー役でもいいのよ。」

きたないブタのウィルバー。ジョージは首を横にふった。そんなの、劇《げき》に出られないよりつらい。

「男子のほかの役はどう？　ネズミのテンプルトンとか、農場主のザッカーマンさんは？ガチョウのおじさんは？」

「いいえ、いいんです。」

「それなら、ナレーターは？　ナレーターは、ほんとうにだいじな役割《やくわり》よ。お客さんに物語をちゃんとつたえなきゃならないんだから。」

ジョージはまた首をふった。劇《げき》に出演《しゅつえん》して、だれかほかの子がシャーロットを演《えん》じるのを見るのはいやだ。

「それなら、しかたないわね。」ユーデル先生は心配そうにジョージを見た。「裏方《うらかた》になるといいんじゃないかしら。」

教室の入り口のドアがあき、ケリーがはねるようにして入ってきた。

「あたしの役は？　あたしの役は？」

ユーデル先生は、目の前でとびはねる元気のかたまりのほうをむいた。

「ケリー、どの役になったかは、みんなとおなじ時間にわかりますよ。きょうの授業《じゅぎょう》の最《さい》後《ご》にね。」

ケリーはおおげさにため息をつくと、コートかけへいき、マディとエマをかこむ女子の輪《わ》にくわわった。

ユーデル先生はもう一度、ジョージのほうをむいたが、ジョージはすでに自分の席《せき》へと姿《すがた》を消していた。

朝いったとおり、ユーデル先生は、だれがどの役を演《えん》じるか、その日の授業《じゅぎょう》のおわりまであかさなかった。先生は出演者《しゅつえんしゃ》に台本をくばると、せりふのおぼえ方についてアドバイスをした。

シャーロット役はケリーだった。それがわかったとき、ケリーはいすからとびあがるようにして、「やったー」とよろこびの声をあげた。すぐにジョージのほうを見て笑《わら》いかけたが、ジョージはコートかけのほうに顔をむけ、手を盾《たて》のように目の横においていた。

シャーロットを演《えん》じられないだけでもつらいのに、これからはケリーがシャーロット役について話すのをきかなければならなくなる。きっと、その話ばかりになるだろう。三週間ずっと。

ユーデル先生は配役のつづきを読みあげた。ネズミのテンプルトンはクリス。クリスは低《ひく》い声で「おーっ」というと、こぶしを上につきあげた。マディとエマ、それから何人かはザッカーマンさんの農場で飼《か》われている動物を演《えん》じることになり、ほかにオーディションを受けた生徒《せいと》のほとんどは、交替《こうたい》でナレーターをつとめることに決まった。ブタのウィルバー役と、最初《さいしょ》にウィルバーをたすける少女、ファーン役は、ジャクソン先生のクラスの子が演《えん》じる。ジョージの名前は一度も呼《よ》ばれなかった。

ユーデル先生に名前を呼《よ》ばれるはずがないのはわかっていた。それでも、ジョージの心はしずんだ。本気で信《しん》じはじめていたからだ。舞台《ぶたい》でシャーロットを演《えん》じるジョージを見たら、みんなに、ジョージは舞台《ぶたい》をおりても女の子であることを、わかってもらえるかもしれないと。

自分の列が呼《よ》ばれると、ジョージはすぐにリュックをとってきて、クローゼットにいる子どもたちからいそいではなれた。算数のドリルと理科の副読本《ふくどくほん》をしまう。

二〇五教室の生徒《せいと》は、校庭で解散《かいさん》するために一階へおりた。整列するとき、ジョージは気をつけていなかったので、前の子のリュックに何度もぶつかってしまった。

解散《かいさん》になるとすぐ、ケリーが女子の列をとびだして、ジョージのところへやってきた。

「ジョージはどうして劇《げき》に出ないの？　オーディションを受けた人はみんな役がつくって、ユーデル先生いってたのに。あたし、先生はぜったいジョージをウィルバー役にするって思ってた。週末《しゅうまつ》に練習したとき、すごくうまかったもん。ジョージがいないんじゃ、練習はたいくつでしかたないよ。」

べつの声がわりこんできた。

「そうだよ、ジョージ、どうして劇《げき》に出ないんだ?」

うしろからきこえたのはリックの声だったので、ジョージは体がすくんだ。ジェフは、ものすごくいじわるなことを思いつかないかぎり、めったにジョージに直接話《ちょくせつ》しかけたりしない。でも、ジョージがふりかえると、思ったとおり、リックとジェフが顔をそろえていた。

リックが先をつづけた。

「先週、おまえ、かわいそうなちっこいクモのことでビービー泣《な》いてたよな。それに、オーディションを受けにろうかに出てっただろ。クリスに役をとられるなんて、どこまでへただったんだ?」

「こいつ、きっとまちがって、まぬけなクモのせりふを読んじまったんだぜ。」ジェフがにやにやした。「まあ、こいつはまるっきり女だしな。」

ジェフが下品な大笑《おおわら》いをすると、リックもいっしょに笑《わら》った。

「あいつらのいうことなんて、きくんじゃないよ。」

ケリーに服のひじをひっぱられたけれど、ジョージはくぎづけになったようにその場から動けなかった。腕《うで》のうぶ毛がさかだち、首のうしろがちくちくする。

「それとも、全部さかさまに読んじまったのかな。」と、リック。

「ヒブッ！　ヒブッ！」

ジェフがふゆかいな声で、ブタの鳴き声をさかさまに読むまねをした。リックもくわわり、二人は鼻を鳴らしながら、父母の車が一列にならんで待っている校門へとむかった。

リックとジェフが校門を出てからようやく、ジョージは息をはいた。二人はジョージの秘密《ひみつ》を知らない。さもなければ、あの話をあんなにかんたんにやめたりしなかっただろう。けれど、二人の推測《すいそく》は真実にとても近かったので、ジョージははずかしさから顔がまっかになった。かたくにぎりしめていた両手をひらいたが、歯はくいしばったままだった。

「やなやつら。」ケリーがいった。「ジョージは女の子じゃないのに。」

「もしそうだったら、どうする？」

ジョージは、そんなことをきいた自分にぎょっとした。

ケリーがおどろいて顔をうしろにひいた。

「え？　ばかいわないでよ。あんたは男の子でしょ。だって、」

ケリーはあいまいに、ジョージの下のほうにむかって手をふった。

「アレがついてるんだから。そうでしょ？」

「そうなんだけど……。」

ジョージはとちゅうまでしかいわず、地面を見つめた。小さな石をけると、それははねて草のなかにとびこんだ。自分が男の子だとは思えない。

二人のあいだに、重い沈黙《ちんもく》が流れた。ケリーはみけんにしわをよせて考えこみ、少ししてから口をひらいた。

「あのさ、あたし、自分は男の子なんじゃないかなって考えたことがあるんだ。消防士《しょうぼうし》になりたかったんだけど、消防士《しょうぼうし》になるのは男の人ばっかりだと思ってたときに。それとおんなじようなこと？」

「ちがうと思う。」

スクールバスにならぶ列はほとんどなくなっていて、運転手さんたちは、出発のための

最終確認《さいしゅうかくにん》がすむのを待つばかりになっていた。すでにエンジンがかけられ、あたりは低《ひく》い
ブロロロロロという音と排気《はいき》ガスのにおいにみちていた。

ジョージは急にこわくなり、ケリーのひじのすぐ上をつかんだ。

「いまのこと、だれにもいわないで。」

「いわないよ。」

ケリーの腕《うで》をつかんでいるのが、いごこち悪くなってきた。

「ケリーのパパにもだよ。」

「パパにもいわない。」

二人は、それぞれのスクールバスにむかって走りだした。スニーカーの底《そこ》がピシャピ
シャとアスファルトの地面をける。二人は走りながらさけんだ。

「ワン・トゥー・スリー！」

「ズート！」

スクールバスは家の近くの交差点《こうさてん》でジョージをおろし、走りさった。エンジンをうなら

せ、スピードをあげながら。

ジョージは家までの半区画を歩いて私道《しどう》に入った。玄関《げんかん》の前でごそごそと鍵《かぎ》を出し、片《かた》方《ほう》のひざの上でリュックのバランスをとりながら、鍵《かぎ》を右にまわした。ところが、ドアの鍵《かぎ》はすでにあいていて、おすとかんたんにあいた。ママがソファーにすわっていた。

「もう帰ってたんだ！」

ジョージはいった。

「これはどういうつもり？」

と、ママがきいた。かたい表情《ひょうじょう》をしている。かぎ形にまげた指から、ジョージのデニムの手さげがぶらさがり、ゆっくりゆれていた。手さげのチャックがあいている。

ジョージは心臓《しんぞう》がどきどきして、一瞬《いっしゅん》、その場で破裂《はれつ》してしまいそうな気がした。一度、深く息をすった。

「きょうはね、なんだか調子が悪かったから、帰ってきてかたづけでもしようと思ったのよ。」ママがいった。「あなたのクローゼットはぐちゃぐちゃで……それで、これを見つけたの。これ、万引《まんび》きしたの？」

「ちがうよ！」

ジョージは顔が熱《あつ》くなった。

「それは……みんな、ひろったんだ。」

「ママにうそはつかないで。どこで手に入れたの？」

ママは『セブンティーン』の去年の十月号をひっぱりだした。表紙のふたごはママにぎゅっとにぎられていることに気づかず、にこにこ笑《わら》っている。

「いろんなところで見つけたんだ。」

ママはジョージを見つめた。まゆがこく、くっついて見える。ママは立ちあがりながら、深くため息をついた。

「ジョージ、もうママの服を着るのはやめてちょうだい。ママのくつをはくのも。ああいうことは、あなたが三歳《さい》のときはかわいかったけど、あなたはもう三歳《さい》じゃないでしょ。それだけじゃなく、ママがいないときにママの部屋に入るのもやめて。」

「でも、その雑誌《ざっし》は……。」

ジョージがいいかけたのに、ママはきこえないふりをした。デニムの手さげを持って、自分の部屋に姿《すがた》を消してしまった。
ジョージは口を少しひらいたまま、玄関《げんかん》のそばに立ちつくした。
友だちがつれていかれてしまったことが信《しん》じられなかった。

7章　みじめなときは、時間がのろのろすぎる

不幸《ふこう》な気持ちにつつまれたまま、日々がすぎていった。毎日しなければならないことを、ジョージはのろのろとこなした。朝はのろのろとベッドから出て、トイレにいく。のろのろと一階におり、のろのろとスプーンでシリアルをすくって口にはこぶ。のろのろとバス停《てい》までいき、昼間をすごし、家に帰ってくる。

その週、ケリーは一度も電話をかけてこなかったし、ジョージのほうからもかけなかった。二人は、給食《きゅうしょく》をいっしょに食べることすらなかった。ケリーは、おもだった役を演《えん》じるほかの子たちといっしょに食べ、劇《げき》の話をした。たまにジョージのほうをむくと、ぎこちない笑顔《えがお》をつくった。一週間、ジョージは一人で給食《きゅうしょく》を食べた。

木曜日、よく見ないで席《せき》をえらんだら、まん前にジェフとリックがすわっていた。食べ

ているあいだずっと、給食《きゅうしょく》のトレーを見つめながら、ジェフとリックがフィールズさんや五歳児《さいじ》クラスの先生たち、そしてもちろん、ジョージのことをばかにして笑《わら》うのをきくはめになった。

あれ以来《いらい》、ママはジョージの手さげについてなにもいわなかった。というより、ほかの話もほとんどしなかった。毎日、こわばった顔をして、動きがかたかった。

ジョージは、ママとおなじ部屋ですごすのをさけた。夕食はなるべくいそいで食べ、大《だい》好《す》きな番組以外《いがい》はテレビも見ず、できるかぎり自分の部屋にこもった。そして雑誌《ざっし》のことばかり考えていた。

土曜日の午前中、ジョージの部屋をドンドンとたたく重いノックの音がした。ママかと思ったら、立っていたのはおどろいたことに、スコットだった。ビデオゲーム用のハンドルをふたつ持っている。

「〈マリオカート〉やるか？」

スコットからビデオゲームにさそわれなくなって、何か月にもなる。前は、ほとんど毎日いっしょにゲームをしていた。ジョージが学校から帰ってくると、スコットはたいていソファーにすわり、宿題をやらずにプロレスを見ていた。二人は、ママが帰ってきて「テレビを消して宿題をかたづけなさい」としかられるまで、ゲームをした。このごろ、スコットは夕食ぎりぎりになるまで帰ってこない。まにあわないときだってある。

「なんで？」

みじめな気分にすっぽりつつまれたままのジョージはたずねた。

「おれがひとりでビデオゲームやってたら、母さんに家の手つだいをさせられるだろ。でも、弟とゲームをしてれば――。」

スコットはジョージの頭を乱暴《らんぼう》になでて、すでにくしゃくしゃだった髪《かみ》をさらにくしゃくしゃにした。

「仲《なか》がいいわね、とかいって、もう何ゲームか、やらせてもらえるかもしれない。」

スコットの説明《せつめい》は、いかにも自分勝手な兄がいいそうなことにきこえた。信《しん》じたジョージは、いっしょにリビングルームにいき、ソファーの右側《みぎがわ》に陣《じん》どった。

二人ともカートとドライバーをえらんだ。スコットがえらんだのはクッパだった。ニンテンドーのゲーム・シリーズに登場する、カメの大悪党《だいあくとう》だ。自分より小さなキャラクターにつっこんでいき、けちらせるところを、スコットは気に入っている。ジョージはキノピオをえらんだ。この小さなキノコがたてる楽しい音が好《す》きなのだ。一人のときは、お姫《ひめ》さまのピーチをえらぶこともある。でも、スコットの前ではやめておいた。

スタート合図の旗《はた》を持ったキャラクターが、空から舞《ま》いおりてきた。短いカウントダウンのあと、レースがはじまり、先頭に立とうとキャラクターたちがきそいあう。障害物《しょうがいぶつ》をはねとばしたり、ライバルをかんたんにたおせる〈無敵状態《むてきじょうたい》〉になって体あたりしたりする。スコットとジョージは迷路《めいろ》をすすんでいった。

最後《さいご》の一周《しゅう》に入ったとき、二人は一位《い》と二位《い》につけていた。ほかのドライバーは半周《はんしゅう》近くおくれている。最後《さいご》の長い直線コースに入ったところで、ジョージは前にむけて〈赤甲《あかこう》羅《ら》〉をはなった。甲羅《こうら》はヒューンととんでいき、クッパに命中した。はじきとばされたクッパは宙《ちゅう》をくるくる舞《ま》い、おこってこぶしを上につきあげてから、のろのろとコースにもどった。クッパは重量級《じゅうりょうきゅう》のキャラクターだから、加速《かそく》に時間がかかる。キノピオはすばやくクッパを追いぬき、先頭に立った。ゴールはもう目の前で、キノピオはクッパよりも少し先にゴールインした。

スコットが恐竜《きょうりゅう》みたいなうなり声をあげながら、ハンドルを宙《ちゅう》でふった。ジョージはくすくす笑《わら》った。

「なあ。」と、スコットがいった。「おまえが笑《わら》ったの、一週間ぶりぐらいだぞ。」

「だね。」

ジョージは答えた。

「女の子の問題か？」

スコットは画面に目をそそいだまま、きいた。画面では、雲に乗ったキャラクターが、つぎのラウンドの開始を宣言《せんげん》するところだった。

「ちがう。」

と、ジョージは答えたが、それはほんとうじゃなかった。女の子であることをかくしているのは、大きな問題だ。

「ケリーはどうした？」

「前にもいったけど。」ジョージは歯をくいしばった。「ケリーはガールフレンドじゃないんだってば。」

くちびるをかんで急カーブをまがる。

「この一週間、ケリーと電話してるところを見なかったぞ。」

「その話はやめて。」

「ケリーとけんかしたのか？」

「ちがうってば！」

手に汗《あせ》をかいたせいで、ハンドルがすべる。

スコットは声をあげて笑《わら》い、カートを一台、溶岩《ようがん》のなかへとはねとばした。

「なにがそんなにおかしいの？」

「やっぱりけんかしてるんだろ。」

「うるさいな。」

「なんでもいいけどよ。ケリーは〝おれの〟ガールフレンドじゃないからな。」

「しつこいってば！」

ジョージは兄のほうをむいたひょうしに、ハンドルもいっしょに動かしてしまった。キノピオは悲鳴をあげて谷をすべり落ち、画面の下半分が深く暗い穴《あな》のなかになった。

「お兄ちゃんのせいで、こんなになっちゃったじゃないか！」

スコットは最後の一周《しゅう》で先頭に立った。ジョージはゴールするまでに順位《じゅんい》をあげたが、五位《い》におわった。それでも、総合《そうごう》ランキングではまだ三位《い》につけていた。

三ラウンドめは二人ともひとこともしゃべらず、最後《さいご》の一周《しゅう》は、まるで世界的《せかいてき》大レースの〈インディ500〉に出場しているかのように、はげしくあらそった。二人が一位《い》と二位《い》をあらそっているところへ、マリオがやってきた。〈無敵状態《むてきじょうたい》〉になっているしるしのきらめきを発しながら、スコットとジョージの車に体あたりし、おかげで二台はコースにひっくりかえって停止《ていし》させられた。二人ともゴールラインまでよろよろと走り、負けたときの音楽が流れると、ブーイングした。そして最後《さいご》の第四ラウンドでは、マリオをクラッシュさせてやろうとちかいあった。

スコットはどっしりした車でマリオにつっこんでいき、ジョージは〈ダッシュキノコ〉をつかって最高速度《さいこうそくど》で追いぬいた。二人は声をあげて笑《わら》いながら、ゴール前の直線をかけぬけた。結果《けっか》はそれぞれ四位《い》と五位《い》だったが、マリオがビリになったので、二人とも満足《まんぞく》だった。

〈マリオカート〉をもう二回やったところで、スコットがシューティングゲームをやろうといいだした。「おもしろいゲームだから、おまえもぜったい楽しめるって」と、スコットはうけあった。でも、楽しめなかった。だから何分かすると、ジョージはテレビの前からはなれた。目に入るものをかたっぱしからたおしていくスコットをあとにのこして。

8章　たいしたバカ

月曜日の朝、校庭は子どもたちであふれていた。低学年《ていがくねん》の男子は、鬼《おに》ごっこをしながらうるさく走りまわり、高学年の男子は、スマホやタブレットのまわりに集まっていた。始業のベルが鳴ると、そういうものはリュックの底《そこ》にかくされる。

ジョージは金網《かなあみ》のフェンスにもたれて、クラスの女子がなわとびをするのをながめていた。女の子たちがうたっている歌はジョージも知っているけれど、だれもさそってはくれない。男子はなわとびをしないからだ。

「おはよ。」

うしろから小さな声がきこえた。ケリーだ。笑《わら》っているクジラの絵と、〈めっちゃたのしクジラ〉という文字が書かれた、色あせた青いT《ティー》シャツを着ている。

「シャーロット役、あたしになっちゃってごめんね。」

ケリーは、スニーカーのつま先をアスファルトにぐりぐりとおしつけた。

ジョージは肩《かた》をすくめた。

「あたしのこと、おこってる？」

ケリーがきいた。

「ううん。」

「よかった。」

ケリーは深く息をすいこんだ。

「それから、先週はほったらかしにしてごめん。」首をかく。「それから、あのね、ジョージが自分は女の子だと思うなら……。」

ジョージは、ケリーのつぎのことばを待って身がまえた。

「それならあたしも、ジョージは女の子なんだと思うよ！」

ケリーは親友にだきつき、あまりにいきおいがよかったので、もう少しで二人そろってひっくりかえりそうになった。ジョージが口をあけておどろくのと同時に、よろこびの表《ひょう》情《じょう》をうかべているのを見て、ケリーの笑顔《えがお》がさらに大きくなった。

「それじゃ、ジョージは、その、トランスジェンダーかなにかなの？」

ケリーは興奮《こうふん》しながらも、できるだけ小さな声できいた。

「インターネットで読んだんだけど、ジョージみたいな人って、いっぱいいるんだよ。知ってた？　ホルモン剤《ざい》をつかえば、体が、その、すごく男っぽくなったりしないようにできるんだって。」

「うん、知ってる。」

ママのパソコンで閲覧《えつらん》履歴《りれき》を消す方法《ほうほう》をスコットに教えてもらって以来《いらい》、ジョージはいくつかのウェブサイトを読んでいた。

「でも、親の許可《きょか》がいるんだ。」

「ジョージのママは、すごくイケてる人じゃん。」ケリーがまゆをつりあげていった。「いいって、いってくれるかもよ。」

ジョージは首を横にふり、うつむいてくつひもを見つめた。目をつぶらなくても、ママの長い指からぶらさがり、かすかにゆれるデニムの手さげが思いだせた。「もうかわいくない」ということばが、頭のなかで鳴りひびく。

ジョージは、女の子の雑誌《ざっし》を入れていた手さげのこと、それをママにとりあげられたことをケリーに話した。

「でも、そんなのおかしいよ！」ケリーは腹《はら》をたてた。「万引《まんび》きしたんじゃないんだから！ジョージのママったら、雑誌《ざっし》をとりあげる権利《けんり》なんてないのに！」

「トランスジェンダーの人は、権利《けんり》をみとめられないことがあるんだよ。」

トランスジェンダーの人が不当《ふとう》にあつかわれる話を、ジョージはインターネットで読んでいた。

「ひどい。」

「だよね。」

気まずい沈黙《ちんもく》が流れたあと、ケリーはジョージに、週末《しゅうまつ》、公園でとった写真を見せた。大半が木の葉を近くでとったもので、すごくうまくとれている写真が何枚《なんまい》かあった。いろんなところに日があたっているおかげで、葉が立体的《りったいてき》に見える。

ケリーがポケットからカメラをとりだした。あれこれ指示《しじ》を出しながら、ジョージのまわりを歩き、写真をとっていく。

「もっと笑《わら》って。たったいまプレゼントをもらったみたいに。今度はおどろいて。プレゼントをあけた瞬間《しゅんかん》だよ。今度はよろこんで。ずっとほしかったものをもらえたって感じ。」

ジョージは顔をしかめた。

「そのままの表情《ひょうじょう》をとってくれない？　こういう顔をしろとか命令《めいれい》しないでさ。」

「ちょっと芸術的《げいじゅつてき》な方向性《ほうこうせい》をつけようとしてるだけだよ。気にしないで。」

ケリーはカメラをポケットにしまい、石けりをしている女の子たちにくわわった。

ジョージはフェンスにもたれ、くもり空を見あげた。

始業のベルが鳴ったので、校庭の子どもたちは、クラスごとに女子と男子にわかれて整列した。

教室に入ると、ジョージは席《せき》につき、ホワイトボードに書いてあった課題《かだい》にとりかかった。PERFORMANCE《パフォーマンス》（演技《えんぎ》）ということばにつかわれているアルファベットから、つくれるかぎりの単語《たんご》を書きだしなさい、というものだった。ジョージは自分のノートに三つの単語《たんご》を書き、見つめた。PERFORM《パフォーム》（演技《えんぎ》する）、MORE《モア》（もっと）、それからFOR《フォー》（～のために）。MAN《マン》（男）は、ぜったいに書こうとしなかった。たとえそれが目の前にバンッとうかんだまま消えず、ほかになにも思いつけなくなっても。ユーデル先生が朝礼をはじめたときも、ジョージのノートには単語《たんご》が三つしか書かれていなかった。

「みなさんもわかっているでしょうが、劇《げき》の本番がぐんぐん近づいてきています。準備《じゅんび》のギアを高速に入れるときがきました。そこで、学問にいそしむのは午前中だけにします。」

生徒《せいと》がぽかんとした表情《ひょうじょう》をしているのにもかまわず、先生はつづけた。

「お昼に栄養《えいよう》をとったあとは、すべての時間を上演準備《じょうえんじゅんび》にさく予定です。」

「先生がいってるのは、給食《きゅうしょく》のあとは勉強しなくていいってことだと思うよ！」

クリスが大きな声でいった。

「ぜったいにちがいます！」

ユーデル先生はきびしい表情《ひょうじょう》をくずさずにいってから、顔をほころばせた。

「でも、たしかに教室にいるのは給食《きゅうしょく》までの時間です。講堂《こうどう》は音が反響《はんきょう》しますからね、出《しゅつ》演者《えんしゃ》に、正しい声の出し方の練習をしてもらいたいんです。それに、裏方《うらかた》になった人はセットをつくる必要《ひつよう》があります。」

みんな歓声《かんせい》をあげた。劇《げき》の準備《じゅんび》ができるからという生徒《せいと》もいたけれど、大半は授業《じゅぎょう》時間が短くなるからだった。いちばん大きな歓声《かんせい》をあげたのは、ケリーだった。でも、ジョージは無言《むごん》だった。〝ギアを高速に入れ〟たりしたくなかった。もうシャーロットのことは考えたくない。劇《げき》なんて早くおわってほしい。うれしいのは、午後の体育の授業《じゅぎょう》がつぶれることだけだ。

生徒《せいと》をしずかにさせてから、先生はつづけた。

「午前中の授業《じゅぎょう》のあいだ、気をぬいていいという意味ではありませんからね。それどころか、いつもの倍、効率《こうりつ》よく勉強しなければなりません。いうまでもないと思いますけど。」

先生はジェフとリック、それからケリーを見た。

「午前中、勉強に集中できなかった人は、午後、ほかの教室でいのこりをして、作文も書いてもらいますよ。」

午前中は、単語《たんご》、分数、読書の時間が単調《たんちょう》につづいた。給食《きゅうしょく》の時間になるまで、劇《げき》の話はひとことも出なかった。

給食《きゅうしょく》の時間になると、食堂《しょくどう》の長いテーブルは活気づいた。ケリーが、発声についてはよく知っているから、コーチが必要《ひつよう》な人にはよろこんで教えるといった。でも、だれも教えてほしいとはいわなかった。

昼休み終了《しゅうりょう》のベルが鳴ると、ユーデル先生はいつものように教室で待つのではなく、校庭でクラスの子どもたちと合流した。となりにジャクソン先生もいる。

ユーデル先生は舞台《ぶたい》で練習するために、出演《しゅつえん》する子どもたちをつれて講堂《こうどう》にむかった。校庭にジャクソン先生とのこった四年生は、みんな裏方《うらかた》だ。

ジャクソン先生は背《せ》の高い黒人の先生で、頭はほとんどつるつる、こい口ひげをはやしている。先生は裏方《うらかた》の生徒《せいと》たちに、さびたバスケットゴールの下にまるくなってすわるよう命じた。缶入《かんい》りの絵の具六缶《かん》、絵筆がいっぱい入ったふくろひとつ、バケツ数個《すうこ》、厚紙《あつがみ》の束《たば》、大きな防水《ぼうすい》シート数枚《すうまい》が、まがったゴールわくの下に集めておかれていた。

「よし。衣装《いしょう》と小道具、それから音楽については、話し合いがすんでいる。」

先生はいった。

「きょうは、役者をひきたて、文学に命をふきこむ背景《はいけい》をつくろう！　いいか、劇《げき》を生かすも殺《ころ》すも、裏方《うらかた》しだいだからな。役者が品評会《ひんぴょうかい》の花形、ウィルバーだとしたら、われわれはウィルバーを花形にする陰《かげ》の立役者《たてやくしゃ》、シャーロットだ。さあ、花形さんたちが〝たいしたブタ〟のウィルバーに負けない〝たいした役者〟になれるよう、力をかしてやろうじゃないか。」

背景《はいけい》をかきはじめる前に大まかな図案《ずあん》を決めようと、ジャクソン先生はいった。干し草《ほくさ》のたわら、ブタのえさ箱、ネズミの巣穴《すあな》をどこにかくか、エラブルさんの家の台所はかく必要《ひつよう》があるかどうかをめぐって、意見がわかれた。でも、右上の暗いすみがシャーロットの巣《す》にぴったりだということには、みんな賛成《さんせい》だった。ジャクソン先生がはしごを用意して背景《はいけい》のうしろにおき、シャーロットが上から登場できるようにすることになった。

ジョージはずっとだまっていたが、舞台上《ぶたいじょう》で手つだいをするメンバーを決める段《だん》になると、いち早く手をあげた。シャーロット役を演《えん》じられないなら、せめてクモの巣《す》がえがかれた大きな厚紙《あつがみ》をケリーにわたす役をつとめたい。シャーロットにとっての、見えないシャーロットになりたいと思ったのだ。

ジャクソン先生のクラスの女子二人と男子一人が、舞台《ぶたい》に小道具をはこんだり、さげたりする係になった。リックは立候補《りっこうほ》して、幕《まく》をあげる係になった。ジェフはなんの係もひきうけなかった。夕方、また学校にもどってくるぐらいなら、クモを食べるほうがましだといって。舞台係《ぶたいがかり》は、劇《げき》を上演《じょうえん》する日は全身黒い服でくるようにいわれた。上演中《じょうえんちゅう》にめだたないようにするためだ。

やっと、背景幕《はいけいまく》にとりかかることになった。ひびの入ったアスファルトの地面に、重い防水《ぼうすい》シートがひろげられた。シートには、黄、青、オレンジ、そして赤のしみや、こすったようなあとがいっぱいついていた。シートどうしがくっついてしまっていて、ひろげるときにベリベリいった。

男性用《だんせいよう》の大きなボタンダウンシャツからつくったスモックが、先生からくばられた。ジェフはワンピースみたいに見えるといって、着るのを拒否《きょひ》した。

四人の生徒《せいと》が、防水《ぼうすい》シートの上にとても大きな白い布《ぬの》をひろげた。シーツ二枚《まい》をぬいあわせたもので、これが背景幕《はいけいまく》になる。

裏方《うらかた》全員に、仕事がわりふられた。ジョージは、ブタのえさ箱をえがく担当《たんとう》になった。まず、茶色の絵の具で下地をぬる。はしが少しかわいたら、黒で、りんかくとこまかいところをかきくわえるつもりだった。かわくのを待っているあいだに、よごれた暗い色の水が入ったプラスチックのカップに絵筆をつけた。絵筆をぐるっとまわすと、とけだした茶色の絵の具がうずをまき、わずかに緑もまじっているのが見えた。背景幕《はいけいまく》のすみになでつけるようにして絵筆の水を切っていると、ジェフとリックの話し声がきこえてきた。

「なんで、幕《まく》をあげる役なんかひきうけたんだよ。」

ジェフの声には軽蔑《けいべつ》がにじんでいた。

「なんでかな。」リックがいった。「ただ、なんていうか、おもしろそうだと思って。」

「おれは、劇《げき》の最中《さいちゅう》に幕《まく》をひきずり落とすほうがおもしろいと思うけどな！」

ジェフは声をあげて笑《わら》った。

リックはうつろに小さく笑《わら》った。

「ああ、だよな。」

「おいおい、リック、どうしたんだよ！　急に、このつまんねえ劇《げき》がだいじになったみたいじゃんか。干《ほ》し草《くさ》のなんとかにひもが何本まいてあるか、気にしたり。」

「干《ほ》し草《くさ》のたわらだよ。それに、ひもは『よりひも』って、ジャクソン先生は呼《よ》んでたぞ。」

「それがどうしたっていうんだよ。」と、ジェフ。「このごますり野郎《やろう》。」

「ごますりなんかじゃないよ！」

リックはわめき、ジェフにむかって絵筆をつきつけた。白い背景幕《はいけいまく》に黄色の絵の具がぼとっと落ち、だらだら流れはじめた。

「おまえのせいで、こんなになっちゃったじゃないか。」

リックは絵の具をふきとるために、ぼろきれをさがした。

「知るか。」

ジョージからは見えなかったけれど、ジェフは目玉をぐるりとまわしたにちがいない。

「なんでそんなに大さわぎするんだよ。シャーロットなんて、ただのまぬけなクモじゃないか。しゃべるクモに会ったら、おれがどうするか知ってるか？」

ジェフはリックが返事をするのを待ったが、リックは背景《はいけい》をかくことに集中していた。

ジェフの幅広《はばびろ》の絵筆は、ぬりかけになっている干《ほ》し草《くさ》の絵の近くにおきっぱなしにされ、まわりに黄色い絵の具がしみだしていた。

「この足でふんづけてやるぜ。できそこないにふさわしく、ふみつぶしてやる。できそこないのクモ、まぬけなできそこないのクモ。」

ジェフはいいかげんなふしをつけて、うたいだした。

「まぬけなできそこないのクモ～。ふんづけてやる～、おまえにはそれがおにあいさ～、まぬけなできそこないのクモ～。おまえなんか死んじまえー！」

ジョージは顔が熱《あつ》くなった。シャーロットのことをあんなふうにいうなんて、ゆるせない。ジェフはしょっちゅう、いじわるなことをいう。シャーロットだったらがまんしないだろう。ジョージもがまんするつもりはなかった。

なにもかいてない紙を一枚《まい》と、黒い絵の具の入ったコップ、それから細い絵筆をつかんだ。紙をおくと、仕事にとりかかった。しあがったときには、ごきげんだった。ことばをたくみにあやつれるのは、シャーロットだけじゃない。

ジョージは紙を注意深く持ちあげると、それを人さし指と親指でつまんで体の横に持った。絵の具がかわいてしまわないか、紙が足にこすれないかと心配で、だれに対してなにをしようとしているのか、ということまで、気がまわらなかった。そうこうするうちに、足はジョージを標的《ひょうてき》へとぐんぐんはこんでいった。

ジェフはアスファルトに腹《はら》ばいになっていた。背景幕《はいけいまく》の上のほうに青空をかいているところだったが、絵の具のだまがあちこちにできてしまっている。リックは近くにしゃがみこんで、干《ほ》し草《くさ》のたわらのりんかくを黒い線でかいていた。

ジョージはジェフの横を通りすぎながら、紙を落とした。紙は、白いT《ティー》シャツを着たジェフの背中《せなか》に命中した。

「おい、なにすんだよ。」

ジェフが顔だけ、くるっとふりむいた。

「ごめん。」

ジョージはジェフの背中《せなか》から紙をひろい、思いきりにこにこした。

「このうすのろ。」

ジェフはふんと鼻を鳴らし、青空をかく作業にもどった。自分のシャツに〈たいしたバカ〉という黒い文字が、てらてら光っているとは思いもせずに。字のまわりには、かんたんなクモの巣《す》のもようがえがかれている。ジェフは、たいしたバカだ。これで、みんながそれを知ることになる。

ジョージは声をあげて笑《わら》いそうになるのを、舌《した》をかんでこらえた。うまくいった！

「し」の字がうらがえってしまったけど、なんと書いてあるかははっきり読める。ジョージは紙をまるめて、大きな黒いごみぶくろに投げこんだ。

自分の持ち場にもどってはじめて、こわくなって凍《こお》りついた。顔から血《ち》の気《け》がひき、息ができなくなりそうになった。なにをされたか、ジェフはすぐに気がつくだろうし、だれにやられたかもわかるはずだ。ジョージはおしまいだ。お・し・ま・い。やられる。

ジャクソン先生が、きょうはここまでと宣言《せんげん》するまで、ジョージは不安《ふあん》そうにジェフをちらちら見ずにいられなかった。ジェフはあとかたづけをひとつもせず、フェンスの横にならんだ。リックがそのあとにつづいた。とつぜん、リックがおどろきの声でなにかいったかと思うと、ジェフがわめきだした。T《ティー》シャツをうしろまえにする。

「なんだよ、このク……。」

ジャクソン先生ににらまれたので、ジェフは最後《さいご》までいわなかったが、目は怒《いか》りでぎらぎらしていた。シャツをいっしょうけんめいこすっても、もう手おくれだった。絵の具はかわいてしまっている。あきらめて裏表《うらおもて》にすると、シャツのタグがひっくりかえって、先っぽが髪《かみ》のなかにもぐった。

ジョージは自分が汗《あせ》をかいているのが、においでわかった。首が熱《あつ》くなったかと思うと、じっとりと冷《つめ》たくなり、つづいてまた熱《あつ》くなった。体はかけだしたがっていた。

そのとき、ジェフがまん前に立った。リックがすぐうしろに。

「よお、リック、だれかさんが、とうとうタマなしじゃなくなったみたいだぞ。」

ジェフは、右のこぶしを左の手のひらに打ちつけた。

ジョージは足もとを見つめ、赤面しているのを二人に気づかれませんようにと祈《いの》った。パンツの下のもののことを男子にいわれるときが、なによりいやなのだ。顔がますますほてってきて、金属《きんぞく》みたいに熱《あつ》くなった。ほんとうに金属《きんぞく》でできていればいいのに。それなら、目からレーザー光線を出して、ジェフをまっぷたつに切りさいてやれるのに。

でも、じっさいは金属《きんぞく》なんかでできていないし、目はほかの部分とおなじく役立たずだった。ジェフはジョージよりも頭ひとつ分背《せ》が高く、体の厚《あつ》みもある。小指がジョージの人さし指ほども太く、こぶしににぎった手を、もう一方《いっぽう》の手にくりかえし打ちつけていた。ジョージのうしろにはリックがいる。ジェフほど背《せ》は高くないけれど、ジョージよりは高いし、力も強い。

リックが両肩《りょうかた》に手をおいて、ジョージをやすやすとその場にくぎづけにした。ジョージは胃《い》がむかむかしてきた。ジャクソン先生のほうを見やったが、先生は、ほかの生徒《せいと》や美《び》術用具《じゅつ》にかこまれている。

「おまえ、自分のこと、ユーモアがあるとか思ってんだろ、このできそこない。おれにちょっかい出して、ただですむと思ってんのか？　おまえなんか、できそこないもいいとこだ。このできそこない、できそこない、できそこない。」

ジェフは「できそこない」というたびに、ジョージのひたいを指ではじいた。ジェフのことばは皮膚《ひふ》の下にもぐりこみ、骨《ほね》まで深くしみこんでジョージを苦しめた。

警告《けいこく》もなく、ジェフは腕《うで》をうしろにひいたかと思うと、ジョージのおなかにこぶしをたたきこんだ。ジョージはうしろによろめいて、金網《かなあみ》のフェンスにぶつかった。体をふたつに折《お》り、おなかをかかえてあえぐ。

体にけいれんがはしり、吐き気《はけ》がこみあげてきた。一回。二回。口を大きくあけた瞬《しゅん》間《かん》、へどがとびだしてジェフのくつにかかり、そこから顔まで全身にビシャッとはねあがった。ジョージは地面にドサッとたおれた。

「うえっ！」

ジェフが悲鳴をあげて顔をぬぐい、それから自分の手を恐怖《きょうふ》の目で見た。

「うえええええっ！」

リックがしのび笑《わら》いをもらした。

「笑《わら》うな！」

ジェフはどなると、うらがえしに着ていたT《ティー》シャツをあわててぬいだ。〈たいしたバカ〉と書かれているシャツだ。ジェフは顔にかかったへどを必死《ひっし》にぬぐい、悪態《あくたい》をついた。へどはズボンにしたたり、すっぱいにおいをぷんぷんさせている。ハンバーグとわかるかたまりとコーンが、くつをぬらしていた。ぞっとした顔でとびのいても、悪臭《あくしゅう》はジェフについてまわった。

ジャクソン先生がかけつけた。

「こらっ、いったいどうした？　ジョージ、だいじょうぶか？」

上半身はだかで、だらしないかっこうのジェフは、早口に悪態《あくたい》をついていた。ジョージはおなかをおさえ、目に涙《なみだ》をうかべて地面にたおれたままだ。ほかの生徒《せいと》たちがまわりに集まってきた。

「その子が、もう一人の子をなぐったんです。」

ジャクソン先生のクラスの男子が、ジェフをさしていった。

「そうしたら、あの子が、」男子の指がジョージにむけられた。「げげーってなって、ゲロがとんで、その子の体じゅうにかかったんです。」

男子の指がもう一度、ジェフをさす。

「なまなましい報告《ほうこく》をありがとう、アイザイア。さあ、列にもどりなさい。」

ジャクソン先生は、そこにいる四年生全員のほうをむいていった。

「全員、列にならびなさい。ジェフ、先生といっしょにいちばん前に。ジョージもだ。」

ジャクソン先生はジョージを立ちあがらせた。ジョージはおなかがいたくて、口がひりひりした。「できそこない」ということばが頭のなかでこだましている。ジャクソン先生と、あいかわらず上半身はだかのジェフについて校舎《こうしゃ》に入った。まわりの世界が遠くに感じられ、うしろにいる生徒《せいと》たちがなにをひそひそいっているのか、ききとれなかった。

とちゅうで、ジャクソン先生はジェフに着せるため、スクールT《ティー》シャツをとりに事務室《じむしつ》によった。事務長《じむちょう》のデイヴィスさんが、T《ティー》シャツを一枚《まい》出してきた。デイヴィスさんは小さい顔、さらに小さな鼻、そしてこめかみのところが白くなった黒髪《くろかみ》のショートカットの女の人だ。

「ゲロがくさくて。」ジェフがもんくをいった。「先に洗《あら》わせてくれよ。」

デイヴィスさんがため息をついた。

「わたしがつれていきます、ジャクソン先生。」

ジェフとジョージのほうをむいてつづけた。

「でも、わたしもあなたたちといっしょに、なかに入りますからね。いたずらはなしよ。」

ジョージとジェフ、デイヴィスさんは、いっしょに男子トイレに入った。ジョージは、入り口近くのごみ箱のそばからはなれなかった。

「あなたも洗《あら》いたいんじゃないの?」

デイヴィスさんがきいた。

ジョージは首を横にふった。口のなかには、まだへどの味がのこっている。

「好《す》きにしなさい。」

ジェフは蛇口《じゃぐち》の下に顔をつきだして洗《あら》い、それからペーパータオルを何枚《なんまい》もかさねてまるめると、上半身をふいた。シンクにT《ティー》シャツを入れ、その上から水を流しはじめたが、デイヴィスさんにいそぐようにいわれた。ジェフはぶつぶついいながら自分のT《ティー》シャツをしぼり、わたされたほうのT《ティー》シャツを着た。

ジェフとジョージは二〇五教室までつれていかれた。ユーデル先生とデイヴィスさんが教室の入り口で、しばし、ひそひそ声で話しあった。そのあと、デイヴィスさんが教室に入っていき、ユーデル先生がろうかに出てきた。

「校庭でのできごとについて、ジャクソン先生からききました。」

ユーデル先生の声は、これ以上《いじょう》ないほど冷《つめ》たかった。

「ジェフリー、どうしてジョージのおなかをなぐったのか、先生に説明《せつめい》してちょうだい。」

「こいつが、おれのT《ティー》シャツをよごしたんだ！」

ジェフがわめいた。

「フォレスターくん。」

ユーデル先生は、ジェフを名字で呼《よ》んだ。

「ろうかでどなるのはやめなさい。それに、ついでにいっておくと、校庭もしくはほかのどんな場所でも、暴力《ぼうりょく》をふるったら、いいわけはいっさいゆるされません。T《ティー》シャツのためだなんて、とんでもない。いま、ジャクソン先生が今回の事件《じけん》の報告書《ほうこくしょ》を書いています。それができあがったら、デイヴィスさんがあなたたち二人を、もう一度、事務室《じむしつ》につれていきます。お母さん方にきていただいて、あなたたちをつれて帰ってもらいます。」

ジョージとジェフは、デイヴィスさんといっしょにろうかで待たされた。そのあいだ、ジェフはジョージのほうを、何度もにくにくしげな目でにらんだ。ジョージは床《ゆか》を見つめていた。

報告書《ほうこくしょ》ができあがると、三人は事務室《じむしつ》へとおりていった。ジョージは、むかしの教師用《きょうしよう》時計の横においてあるベンチに、足をだらりとたらして腰《こし》かけた。ジェフは、窓《まど》のほうをむいた折《お》りたたみいすにデイヴィスさんとならんですわり、ずっと机《つくえ》をけっていたので、やめなさいと注意された。一分ぐらいはやめていたが、またけりだした。最初《さいしょ》は弱く。もう一度、デイヴィスさんにしかられるまで。

ジョージのママが事務室《じむしつ》に入ってきたかと思うと、自分の子どもに気づきもせず、あわて通りすぎていった。デイヴィスさんは、ママにむかってまっすぐ校長室を指さし、ジョージもいっしょになかに入るようにいった。

これまで校長室に入ったことがなかったので、ジョージはその明るさにおどろいた。天井《てんじょう》までとどきそうな窓《まど》にはオレンジ色のカーテンがかけられ、部屋のあちこちに本がいっぱいつみあげられている。

中央におかれた大きな机《つくえ》にマルドナド校長先生がすわっていて、ママとジョージに、机《つくえ》の前のクッションのついた茶色いいすにすわるようにいった。校長先生は白髪《はくはつ》をショートカットにし、黒いタートルネックのセーターにトルコ石のネックレスをしていた。かっぷくがよく、いすの幅《はば》とおなじくらいある広い肩《かた》が、くつろいで自信《じしん》にみちた雰囲気《ふんいき》をかもしだしている。

「さて、ミッチェルさん、ジョージは同級生の持ちものを損《そこ》ないました。それは重大な校則違反《こうそくいはん》です。ですが、今回のできごとの性質《せいしつ》と、ジョージが過去《かこ》に問題を起こしていないことを考えると、できるだけ穏便《おんびん》にすませたいと思っています。」

校長先生が話しているあいだ、ジョージの目は、先生のうしろのかべへとさまよった。

下半分には、電話番号やメールアドレスが書かれた表が何枚《なんまい》もテープではられていて、そのあいだに手書きのメモが、画びょうでとめてあった。その上には、子どもたちにむけた標語《ひょうご》が何十枚《まい》もはってある。バランスのいい食事をしましょう、ドラッグはこわい、宿題をきちんとやること、いじめはやめよう。いちばんはしのポスターには、黒地に大きな虹《にじ》色《いろ》の旗《はた》がえがかれていた。旗《はた》の下には、〈ゲイ、レズビアン、バイセクシュアル、トランスジェンダーの若者《わかもの》が、安心してすごせる場所を〉と書いてある。

〈トランスジェンダー〉という文字を見た瞬間《しゅんかん》、ジョージの背《せ》すじにふるえがはしった。どこへいったら、そんな安心してすごせる場所が見つかるんだろう。そこなら、自分とおなじような女の子がほかにもいるんだろうか。ひょっとしたら、お化粧《けしょう》の話をいっしょにできるのかな。ひょっとしたら、いっしょにお化粧《けしょう》をしてみることだってできるのかも。

ジョージがポスターを見つめて、自分みたいな女の子との出会いを想像《そうぞう》しているあいだも、ママと校長先生の話はつづいていた。マルドナド先生は、家庭で最近《さいきん》、なにか変《か》わったことはありましたか、とたずねた。でも、三年前に父親が家を出ていったあとは、なにもなかった。

最後《さいご》に、校長先生はいった。

「きょうは、このままジョージを家につれて帰って、気持ちをおちつけさせたらどうでしょう。今回は、それでおしまいということで。」

ママがマルドナド先生にお礼をいうと、校長先生はジョージに話しかけた。

「わたしだったら、ジェフにちょっかいは出さないようにするわ。問題を起こすのが好《す》きな子もいてね、そういう子は手段《しゅだん》をえらばないものなのよ。もしまた校長室に呼《よ》ばれた場合は、今回みたいに寛大《かんだい》な措置《そち》にはなりませんからね。」

それがどういう意味か知らずにすむよう、ジョージは祈《いの》った。

9章　アーニーの店

車に乗っているあいだ、ママはけんかについてはなにもいわなかった。「な・な・な・なつかしのモダンロック」と何度も宣伝《せんでん》するラジオ局をつけ、曲にあわせていっしょにうたった。家につくと、ジョージに顔を洗《あら》ってらっしゃいといった。

バスルームで、ジョージは髪《かみ》を前にたらしてみた。目をほそめて鏡《かがみ》を見れば、女の子とまちがえそうだ。いまのところは。いまはまだ肌《はだ》がつるつるしてるけれど、そのうち男性《だんせい》ホルモンのせいで、顔じゅうに気持ち悪いひげがはえてくるだろう。スコットはもう、あごの下あたりにちょぼちょぼはえだしている。

ジョージは髪《かみ》をうしろにとかし、いつものスタイルにしてから自分の部屋にいき、ベッドにぱったりとたおれた。

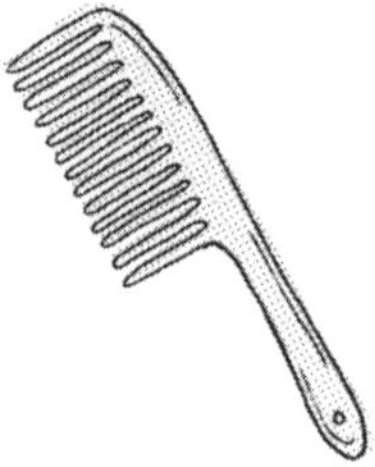

ちょっとして、ドアをしずかにノックする音がした。

「入ってもいい?」

ママがたずねた。

「うん。」

ジョージはベッドの上で身を起こし、ママはベッドの脚《あし》のほうにすわった。

「ジョージ、正直にいうわね。ママは、あなたのことが心配なの。世のなかには、ジェフみたいな子がたくさんいるわ。もっとたちの悪い子もいっぱい。」

ママは前髪《まえがみ》をふっとふきあげた。

「あのね、ゲイだってこととは話がべつなのよ。ママが子どもだったころにくらべて、それを公表する年齢《ねんれい》はさがってきている。かんたんではないけれど、いっしょにのりこえていけるわ。ただ、女装《じょそう》するタイプのゲイとなると、どうかしら?」

ママは首を左右にふった。

「話がまったくちがってくるわ。」

「どんなタイプのゲイでもないよ。」

ゲイというのは、自分とおなじ性別《せいべつ》の人を恋愛《れんあい》の相手として見る人のことだ。少なくとも、ジョージは自分をゲイとは思っていない。じつのところ、男の子と女の子のどちらを好《す》きなのか、わからなかった。

「それなら、どうしてクローゼットに女の子の雑誌《ざっし》があったの？」

片方《かたほう》のまゆをつりあげると、ママのひたいに弓形のしわができた。

ジョージは深く息をすいこみ、とめ、はきだした。もう一度。

「それは、ぼくが女の子だからだよ。」

ママは顔から力をぬいたかと思うと、短く笑《わら》った。

「そんなこと考えてたの？　もう、ジージーったら、あなたを生んだのはわたしよ。おむつだってとりかえたし。保証《ほしょう》するわ、あなたは百パーセント男の子よ。それに、まだ十歳《さい》じゃないの。あと数年したら、気持ちが変《か》わるかもしれないでしょ。」

ジョージは心がしずんだ。何年も待つなんてむりだ。あと一分だって待てないのに。

「こうしましょ。」

ママはジョージのひざをぽんぽんとたたいた。

「今夜は特別《とくべつ》なことをするっていうので、どう？　アーニーの店にいきましょうよ。」

〈アーニーの食べ放題《ほうだい》〉は、ジョージのお気に入りのレストランだ。

「ナチョス（メキシコの代表的な料理）やピザやパイをおなかいっぱい食べたら、きっと気分がよくなるわ。いまは、ちょっと気持ちをおちつけることにしましょう。ママはそうするわ。」

ママは、ジョージの気持ちを楽にしようとしてくれているのだ。でも、的《まと》がはずれている。ママにほんとうのことをわかってもらえないつらさは、なにをしても——食べ放題《ほうだい》なんかにつれていってもらっても、ぜったい——変《か》わらない。

ママはノートパソコンを持って自分の部屋にこもり、出てきたのは炭酸水《たんさんすい》のおかわりをつぐときだけだった。

ジョージはあらためて、雑誌《ざっし》がとりあげられていなかったらよかったのに、と思った。しかたないので、雑誌《ざっし》を見るかわりに、ソファーにすわってアニメを見た。学校がおわる三時まで。ケリーがバスで家に帰るには二十分かかる。

思ったとおり、三時二十二分に電話が鳴った。ジョージはコードレスの子機《こき》をとりあげると、自分の部屋にむかって歩きだした。

「なにがあったの？」

ケリーが「もしもし」もいわずにきいた。

「ジョージがジェフにけんかをふっかけたって、みんながいってる。でもあたし、そんなのありえないっていったんだ。だって、あんたは生まれてから一度も、けんかしたことないから。けんかをはじめたのはジェフのほうだろうって。ほんとに信《しん》じられないよ、どっちがふっかけたの？　あんた？　ジェフ？　ジェフになにされたの？　だいじょうぶ？　病院にいったりとかはなかったみたいだけど、でもでも、ジェフはあんたをたたきのめしたってきいたよ。それでもって、あんた、ほんとにジェフにむかってゲロ吐《は》いたの？　だってさ、まじめに、それっていままできいたなかで、いちばん笑《わら》える話かも。」

ケリーの声があまりに大きかったので、電話の子機《こき》が振動《しんどう》していた。ジョージは耳を何センチか遠ざけて、ケリーが話しおえるのを待った。

「きいてる？」

ケリーがたずねた。

「うん。」

「うんって、なにが？　うん、きいてるってこと？　うん、ジェフにゲロを吐《は》いたってこと？　それとも、うん、けんかをふっかけた？」

「三つ全部。」

「なんてばかなことしたの、ジョージ！　なに考えてたの？　クラスで一番のいじめっ子に、けんかをふっかけるなんて。」

「わかんない。ジェフがシャーロットをばかにしたから、かな。」

それは、ジョージの耳にもばかげた理由にきこえた。

「シャーロットは、じっさいにいるわけでもないのに。」

「うん、でも――。」

「トランスジェンダーとかそういうのになるつもりなら、もっとずっと注意しないとだめだよ。いじめっ子に会うたび、ゲロを吐《は》くわけにいかないんだから。」

「ためしてみることはできるよ。」ジョージはいった。「ゲエッ！　ゲエッ！　ゲエッ！」

「ゲロ吐《は》きマシンガンみたい。」

「スーパーヒーローになれるかも！」

「ゲロ吐《は》き人間ゲーローとかね。決まり文句《もんく》もつくっちゃったりして。『けんかをふっかけたら、ゲロかけちゃうぞ！』」

ジョージもケリーもくすくす笑《わら》ったが、そのあとは沈黙《ちんもく》が流れ、きこえるのは電話が発する、空気のふるえるような低《ひく》いうなりだけになった。

「こんどの劇《げき》は、ジョージにとって、とってもだいじなことなんだよね？」

ケリーが沈黙《ちんもく》をやぶってきいた。

「ていうか……」ジョージはため息をついた。「あのね……こんなふうに思ったんだ……もし劇《げき》でシャーロットを演《えん》じたら、ママに……。」

「ジョージは女の子だって、わかってもらえるかもって？」

「うん。」

ジョージは答えた。

ケリーから女の子といわれると、奇妙《きみょう》な感じがした。でも、いやな感じじゃなかった。おなかのあたりがくすぐったくなって、自分はほんとうに女の子なんだって、思い出させられるような。

「ねえ、まだおそくないかもよ。」と、ケリー。「だってさ、まだ劇《げき》は上演《じょうえん》してないじゃない？」

「でも、シャーロット役はケリーに決まった。」

「劇《げき》は昼間と夜の二回やるの、わすれたの？　あたしが一回、ジョージが一回やればいい。」

「ケリーは、それでもいいの？」

「もちろんだよ。帰りのバスに乗ってるあいだ、ずっと考えてたんだ。うちのパパには、昼間の公演《こうえん》にきてもらうようにする。ジョージなら、ちゃんとできるよ！　それどころか、あたしよりうまいと思う。」

そうだ。ジョージはシャーロットのせりふを何度もきいているから、全部暗記しているし、せりふのいい方も考えてあった。だいたいはケリーとおなじだけれど、だいじなせりふをいくつか、ちがういい方にする。ケリーはところどころ、まちがったことばを強調するし、いまだに最初《さいしょ》のせりふを、「ごきげんうるわくしていらっしゃる？」といってしまうときがあった。

「でも、どうやって？」

「そんなの、お茶の子さいさいだよ！　ジョージは舞台係《ぶたいがかり》だから、もともと黒い服を着てくることになってるでしょ。クモの足のついたベストを着るだけで、シャーロットになれる。」

シャーロットを演《えん》じるとき、ケリーは黒いレオタードにタイツをはいて、つくりものの足が両側《りょうがわ》に三本ずつついたベストを着るのだ。

「でも、ユーデル先生から、あの役はさせられないっていわれたし。」

「いい？　ユーデル先生がまちがってるんだよ。ジョージは、シャーロット役をやらなきゃ。それに、先生がジョージだって気づくころには、もう手おくれになってるって。舞《ぶ》台《たい》にあがっちゃえば、先生にできることなんて、ひとつもないよ。」

ケリーがずるそうな笑顔《えがお》をうかべているのが、声をきいただけでわかり、ジョージは自分もにやにやしているのを感じた。ケリーが協力《きょうりょく》してくれれば、ほんとうにシャーロットになれるかもしれない。

「でも、ほかの子たちに気づかれたときは？」

「ほかの子たちなんて関係《かんけい》ないよ。ジェフはいないし、だれ一人、気にしないって。」

「うちのママは？」

「ジョージのママに見せるのが目的《もくてき》でしょ！」

ケリーのかん高《だか》い声が、電話のむこうからとんできた。

「うん、でも……。」

ジョージは、胃《い》がずんと重くなった。

「ちょっと、あんた、ママに自分は女の子だって知ってもらいたくないの？」

「知ってもらいたい。」

「だったら、シャーロットになんなよ。」

まるで、チョコレートのかわりにストロベリー・アイスクリームをえらべというような口ぶりだった。ケリーはつづけた。

「もう切らなきゃ。一回は、あたしもシャーロットやるんだから、練習しないとね。ジョージもだよ！　ワン・トゥー・スリー。」

「ズート！」

電話を切ると、ジョージはみごとなクモの巣《す》をあむシャーロットになった気分で、家のなかをくるくるまわりながら歩いた。このあたしが、シャーロットを演《えん》じるんだ！　ママやみんなの前で！

体のなかをチョウがとんでいるみたいに、そのチョウのなかにもさらにチョウがいるみたいに、ジョージの胸《むね》はざわざわした。

ママがクラクションを鳴らすやいなや、まるでドアノブに手をかけて待っていたかのように、スコットがランディの家からとびだしてきた。車に乗りこむと、スコットは歴史《れきし》の先生をこきおろし、つぎに数学の先生をさんざんにこきおろし、最後《さいご》に生物の先生をとことんこきおろした。

「おれたちにミミズを解剖《かいぼう》しろっていうんだぜ！」

「あなたは身の毛のよだつことが好《す》きなのかと思ってたけど。」

「部位《ぶい》ごとに測定《そくてい》して、図解《ずかい》しろなんていわれたらべつだよ。めんどくさいったらないぜ。図解《ずかい》しろっていうなら、せめてカエルにしてくれよ。それならおもしろいのに。」

「あなたがそんなにつらいなら、解剖《かいぼう》されるミミズのほうは、どれだけつらいかしらね。」

スコットのおかげでママの注意がそれているのが、ジョージはありがたかった。学校でなぐられ、早退《そうたい》させられたのに、なぜにやにやしているのか、きかれたくなかったからだ。でも、舞台《ぶたい》でシャーロットを演《えん》じられると思うと、天にものぼる気持ちで、どうしても顔に出てしまう。

ママは〈アーニーの食べ放題《ほうだい》〉の駐車場《ちゅうしゃじょう》に入ると、店の正面に車をとめた。ずんぐりとして大きな建物《たてもの》は、太い緑の線が入った赤い日よけが、大きな窓《まど》の上につきだしている。店の正面にはられた長い横断幕《おうだんまく》には、〈毎日つくりたての料理《りょうり》が百品以上《いじょう》〉とうたわれている。

店内では、ボックス席《せき》やテーブル席《せき》に幸《しあわ》せそうなお客がすわり、その前には世界十か国ほどのさまざまな料理《りょうり》から、それぞれ好《す》きなものを山ほど盛《も》りつけた皿があった。アーニーの店ではテーブルに給仕係《きゅうじがかり》はつかない。店の長いかべぞいに、ビュッフェコーナーがえんえんとつづいていて、全身まっ白な制服《せいふく》を着た人たちが、料理《りょうり》をどっさりのせたトレーをはこんできては、空《から》になったトレーを厨房《ちゅうぼう》へとかたづける。ソーダやレモネードがずらりとならんだテーブルもある。

ママが入り口で料金《りょうきん》をはらい、子ども二人をビュッフェへいかせて、自分は席《せき》を見つけにいった。ジョージはフライドチキン、マッシュポテト、コーンフリッター、ピザ、ナチョスを皿に盛《も》り、タコスの下にチェリー味の四角いゼリーをひとつかくした。ママが料《りょう》理《り》をとりにいっているあいだに食べるためだ。アーニーの店にきても、ママは、食事をおえてからでないとデザートは食べちゃだめだという。

ジョージが席《せき》につくと、交替《こうたい》でママがビュッフェにいった。まもなく、スコットもテーブルについた。

「母さんてば、どうしたんだ？」

ハムとターキー、チキンを山盛《やまも》りにし、その上にピザ二枚《まい》をのせた皿のむこうから、スコットがきいた。

「平日はぜったい、アーニーの店なんてつれてきてくれないのに。なにかショックなことでもないかぎり。」

「うん、まあね。」

ママのほうを見ると、サラダのレタスをえらんでいるところだった。

「きょう、学校で、けんかみたいなことしちゃったんだ。」

スコットがおどろいて顔をあげた。ひたいに深いしわがよる。

「おれが学校でけんかしたときは、外出禁止《きんし》になった。どうやったら、アーニーの店なんかにつれてきてもらえるんだよ。」

「うちあけたこともあったっていうか。」

「でっかいうちあけ話だったんだろうな。母さん、ゾンビを見るみたいな目でビーツを見つめてるぞ。」

「うん。」

「ゲイだって、うちあけたのか?」

スコットは、マッシュポテトの山にフォークをひねりながらさした。

「おれは、かまわないからな。わかってるか? おれ、父さんが出ていく前に、約束《やくそく》させられたんだ。おまえのことは、おれがめんどう見るって。おまえはゲイだって、父さんいってた。」

「ゲイじゃないよ。」

ジョージはいった。どうしてみんな、ゲイだと思うんだろう？

「なんでもいいさ。おれは気にしない。おれの友だちのマットはゲイだ。そんなの、たいしたことじゃない。」

でも、たいしたことなんだ。

「ママにね、ぼくは女の子なんだっていったんだ。」

「え。」

最初《さいしょ》にスコットがいったのは、それだけだった。

「あ。」

スコットは口に入っていたものをかみ、飲みこんでから、ピザをひと口食べた。

店内の雑音《ざつおん》が、ジョージの耳にずきずきするほどひびく。スコットってば、なにかいってくれればいいのに。いじわるなことでもいいから。

「ああ……。」

スコットはターキーをひと口食べた。

「ああ……。」

ゆっくりうなずきはじめ、ジョージのほうを見た。スコットが「ああ……」というたび、ジョージは心臓《しんぞう》がどきどきしはじめ、いまや、のどからとびだしそうになっていた。

「そいつは、ゲイだっていうだけとはちがうな。母さんがあわてるのも当然《とうぜん》だ。」

「わかってる。」

スコットはフォークをおいた。

「で、そうなのか?」

「そうなのかって、なにが?」

「おまえ、自分は女の子だと思うのか?」

「うん。」

その質問《しつもん》に答えるのがとてもかんたんだったことに、ジョージはおどろいた。

「なるほど。」

スコットはロールパンをひと口かみきると、もぐもぐとかみながら考えこんだ。

ママはグリーンサラダにヴィネグレット・ドレッシングをかけた皿を持ってもどってき

た。それをすばやく食べおえて、使用ずみ食器《しょっき》入《い》れに皿を入れた。アーニーの店にくると、ママはかならず最初《さいしょ》にサラダを食べる。そのほうがおいしいのはもちろん、ヘルシーだからだという。でも、いつもサラダはさっさと食べきり、そのあとは、ジョージやスコットにおとらず不健康《ふけんこう》な料理《りょうり》を山盛《やまも》りにしてもどってくる。

ママがサラダを食べているあいだ、スコットは無言《むごん》で骨《ほね》つきチキンにかぶりついていたが、ママが席《せき》を立ち、前菜《ぜんさい》コーナーへとむかうと、チキンの骨《ほね》を皿にぽいとおいた。

「おれ、おまえの雑誌《ざっし》のこと、知ってるんだ。」

「ママが話したの？」

「ちがう。おれがこのあいだの週末《しゅうまつ》に見つけたんだ。母さんのようすがなんかへんだなと思ってさ。そうしたら、母さんのベッドに、あの手さげがのってて。まったく、こっちはポルノ雑誌《ざっし》かなんかが入ってるのかと思ったんだよ、だからのぞいたんだ。つまり、おれの弟がどういう種類《しゅるい》の趣味《しゅみ》の持ち主か、たしかめるためにさ。それで、おまえは女のかっこうをしたいタイプのゲイなんだろうと思ったんだ。まさか〝そういうこと〟とは考えもしなかった。」

スコットは、コーンフリッターを口にほうりこんだ。

「で、その、おまえは、」スコットは二本の指をはさみみたいに動かした。「とるとこまでやりたいのか？」

ジョージは両足をこすりあわせた。

「もしかしたら、いつか。」

「すげーへんな感じ。でも、納得《なっとく》いく気もする。気を悪くするなよ。ただ、おまえが男らしい男になるのはむりだもんな。」

「わかってる。」

ママがテーブルにもどってきたため、その話はそこでおしまいになった。

三人とも、たらふく食べたので、車にむかうときにはおなかがぱんぱんにふくれて、ずっとうめきどおしだった。『シャーロットのおくりもの』のなかで、ネズミのテンプルトンが、品評会《ひんぴょうかい》で食べたい放題《ほうだい》の一夜をすごしたあとにそっくりだった。

家につくと、三人そろってテレビの前にすわり、子どもが十二人いる家族のコメディドラマを見た。笑《わら》いのネタのほとんどは、冷蔵庫《れいぞうこ》がからっぽになるか、トイレがふさがっているかだった。

そんなにおおぜいの家族といっしょにくらすのって、どんなだろう、とジョージは想像《そうぞう》した。子ども一人ひとりには、あんまり注意がはらわれないかもしれない。いすにすわったママにちらちら見られながらだと、それも悪くない気がした。

スコットもこっそりジョージのほうをうかがっていたが、ママの目に心配ととまどいの色がうかんでいるのに対し、スコットのほうは、自分の弟がようやく理解《りかい》できたという目つきだった。お兄ちゃんがいてよかったと、ジョージがこんなに強く思ったのは、これがはじめてだった。

10章　変身《へんしん》

ジェフがいつから学校に出てくるのか、ジョージは知らなかった。毎朝、髪《かみ》がつんつんしたジェフの頭が見えないかと、緊張《きんちょう》して目をはしらせた。

ついにその頭が見えたとき、ジェフはすでにジョージにむかって歩いてくるところだった。ばかにした笑《わら》いをうかべて、さすような目でジョージのうしろのほうを見つめ、歩調を変《か》えずに歩いてくる。歩く速さは一瞬《いっしゅん》も変《か》えなかったが、ジョージの横を通りすぎるとき、足もとにつばをはいた。

その週は、ジョージの横を通りすぎるたび、つばをはいた。外にいるときは、地面にほんもののつばを。校舎《こうしゃ》のなかにいるときは、リノリウムの床《ゆか》につばをはくまねをした。

劇《げき》を上演《じょうえん》する日の朝、二〇五教室の生徒《せいと》たちはリュックを机《つくえ》におくと、ホワイトボードに書かれた課題《かだい》を無視《むし》して、しゃべったり笑《わら》ったりしていた。劇《げき》を中止にしますよ、とユーデル先生に注意されてはじめて、みんなしずかになった。それでも午前中、読書、日記、算数、それから単語《たんご》の授業《じゅぎょう》に生徒《せいと》たちを集中させるのは、たいへんだった。ケリーとジョージはしょっちゅう、しめしあわせるように目くばせしあった。

昼休みがおわると、ユーデル先生とジャクソン先生は四年生を講堂《こうどう》へつれていった。五歳児《さいじ》クラスから三年生までの子は、昼間の舞台《ぶたい》を見るため、古い木の座席《ざせき》にぞろぞろとにぎやかに着席《ちゃくせき》した。前のほうの席《せき》には、父母や親戚《しんせき》がすわっている。ウィルバーを演《えん》じるジャクソン先生のクラスの生徒《せいと》、アイザイアが、役になりきって元気にとびはねた。

出演者《しゅつえんしゃ》と舞台係《ぶたいがかり》は、ユーデル先生といっしょに舞台《ぶたい》うらに集まった。そのほかの四年生は、ジャクソン先生といっしょに客席《きゃくせき》にすわった。舞台《ぶたい》にかかっている分厚《ぶあつ》く赤い布《ぬの》のうしろは暗く、かびくさいにおいがしたけれど、いったん幕《まく》があがったら、講堂《こうどう》の窓《まど》からさしこむ日ざしが舞台《ぶたい》を明るく照《て》らすだろう。

観客《かんきゃく》が席《せき》につくと、〝おしずかに〟という合図に、頭上の照明《しょうめい》が二度またたいた。ファーンを演《えん》じるジャクソン先生のクラスのジョスリンが、なかにちびブタがいるように見せかけた毛布《もうふ》をだいて登場した。この場面では、ウィルバーはエラブルさんのおのからたすけられるだけで、することもいうこともないし、アイザイアはジョスリンがだっこするには体が大きすぎるからだ。

第一のナレーターが話しはじめ、劇《げき》がはじまった。

最初《さいしょ》のせりふをいうときが近づいてきたので、ケリーは衣装《いしょう》のクモの足を注意深く手でおさえて、はしごをのぼった。

あいさつのせりふは、かんぺきにうまくいうことができた。「ごきげんうるわしくていらっしゃる？」も、ちゃんといえた。観客《かんきゃく》はケリーの動きひとつひとつに注目している。パパのいるところがわかると、ケリーはウィンクした。それから、つぎの出番を待つためにはしごをおりた。

「すごくうまかったよ！」

ケリーが下までおりてくると、ジョージはひそひそ声でいった。

「ジョージはきっと、もっとうまいよ！」

ケリーがひそひそ声で答えた。

ジョージはなにもいわなかったけれど、自分がはしごのいちばん上までのぼり、観客《かんきゃく》にむかってシャーロットのせりふをいうところを思いうかべた。

劇《げき》は短かったので、下級生が座席《ざせき》でもぞもぞしはじめる前におわった。最後《さいご》に、出演者《しゅつえんしゃ》がおじぎをし、ユーデル先生が見にきてくれた人たちにお礼をのべた。

下級生が講堂《こうどう》から出ていくと、ユーデル先生は、四年生と客席《きゃくせき》の家族に話しかけた。

「きょうの夜公演《よるこうえん》に出る人は、五時半に、またここに集まってください。劇《げき》は六時ちょうどにはじめます。保護者《ほごしゃ》の方は、夜公演《よるこうえん》のあとのPTA《ピーティーエー》会議《かいぎ》にものこってくださるようお願《ねが》いします。」

何人かの父母が急にゴホンゴホンとせきをはじめた。おとなは、こまったときにもよくせきをするのを、ジョージは知っていた。

出演者《しゅつえんしゃ》の家族は舞台《ぶたい》の前まできて、子どもをほめた。ケリーのパパは、むすめのために花束《はなたば》まで用意してきていた。父母たちは、子どもをつれていっしょに帰った。のこりの生《せい》徒《と》は、ユーデル先生がこの日最後《さいご》の二十分で日記を書かせるために二〇五教室へつれてもどった。

先生はホワイトボードに、「劇《げき》を上演《じょうえん》するよろこび」と課題《かだい》を書いた。

ジョージはノートに、「舞台《ぶたい》の手つだいをするのはわくわくしました。」と、一文だけ書いた。でも、ほんとうに書きたかったのは、〝このあと、あたしはシャーロット役を演《えん》じるんです‼〟だった。


ママが仕事から帰ってきたのは、夜公演《よるこうえん》のために学校へ出発しなければならない時間ぎりぎりだった。ママはくつをぬごうともしないで、ジョージにきいた。

「すぐ出られる？」

今夜、スコットはランディの家で学校の研究課題《かだい》をやっていることになっている。じっさいは血がいっぱいとびちる映画《えいが》を見ているんじゃないかと、ジョージは思っていたが、どっちにしてもスコットが劇《げき》を見にこないのはうれしかった。これまでのところ、スコットはびっくりするくらいそつがなかったけれど、もし、うっかりまずいことをいってしまったら、ママがパニックを起こすかもしれない。

ジョージはソファーから立ちあがった。この一時間、テレビの前にすわっていたものの、画面につぎつぎ登場する、しゃべる犬や超人的《ちょうじんてき》な力をもつ子どもたちのことは、ほとんど見ていなかった。もっとだいじなことが頭をしめていたからだ。

ジョージは革《かわ》ぐつをはいた。黒いくつで持っているのは、それだけだ。ケリーにクモの巣《す》がえがかれた厚紙《あつがみ》をわたすときは、白いスニーカーでだいじょうぶだったけれど、シャーロットを演《えん》じるときは、かんぺきにやりたかった。

車が私道《しどう》から出ると、ジョージは緊張《きんちょう》して胃《い》がひっくりかえった。おちつくために電柱をかぞえはじめた。

「昼間の公演《こうえん》はどうだった?」

ママがたずねた。

「まあまあだったよ。」

ママが話しているあいだにかぞえるのには、なれている。まちがえないように、十ごとに指を折《お》っていけばいいのだ。

「わくわくする宣伝文句《せんでんもんく》だわね。」

「ごめん、ママ。ちょっと考えごとをしてたんだ。」

学校までの道のりは長くない。だから、電柱を一本でもかぞえそこねたら、百までいかないかもしれない。ケリーと立てた計画に、いもしない電気の妖精《ようせい》のたすけがいるとは思わないけれど、かぞえておいたほうが安心な気がした。

「楽しみでしかたないわ、今夜、舞台《ぶたい》でおじぎをするあなたを見るのが——たとえ舞台係《ぶたいがかり》でもね。それに、ケリーの演《えん》じるシャーロットは、すばらしいにちがいないもの、ぜったい。」

ジョージはママのまちがいを正さなかった。どうせもうすぐ、ジョージたちの計画について知ることになるし、そのときには、もう手おくれになっている。電柱は学校のずっと手前で百に達《たっ》した。

学校の駐車場《ちゅうしゃじょう》は満杯《まんぱい》だったので、ママは一区画はなれた道路に車をとめた。

「お客さんがいっぱい集まってるみたいね。」

ママがいった。

「だね。」

ジョージは肩《かた》をすくめ、体をかけめぐる不安《ふあん》を無視《むし》しようとした。講堂《こうどう》の入り口で、ママはジョージのほおにキスしてから、あいている席《せき》をさがしにいった。

舞台《ぶたい》うらに集まっている生徒《せいと》の話し声がきこえてくる。赤い幕《まく》は重くて、ジョージは通りぬけるのに苦労《くろう》した。舞台《ぶたい》うらは照明《しょうめい》が暗かったため、目をならすのに何度もまばたきした。

出演者《しゅつえんしゃ》と舞台係《ぶたいがかり》のほとんどは、すでに集まっていた。

「きたきた！」

ケリーがスキップしながらジョージに近づいてきた。

ジョージは、にっと笑《わら》った。二人とも、全身まっ黒だ。ちがうのは、ケリーが着ているクモの足がついたベストだけ。

二人がこっそりほほえみをかわし、くすくす笑《わら》っているうちに、幕《まく》をあげる時間が近づいてきた。ジョージは胸《むね》がどきどきして、体がふるえた。

「さあ、諸君《しょくん》。」

ジャクソン先生が、出演者《しゅつえんしゃ》と舞台係《ぶたいがかり》を集めていった。

「作者のE《イー》・B《ビー》・ホワイト氏《し》がほこらしく思うような舞台《ぶたい》を、もう一回上演《じょうえん》しようじゃないか。最高《さいこう》の演技《えんぎ》と、最高《さいこう》のはたらきを期待してるよ。」

「がんばってね！」

ユーデル先生がウィンクをしていった。

「全員、位置《いち》についていて。はじめるぞ！」

ジャクソン先生は人さし指を立てて、くるくるとまわした。

ユーデル先生は横歩きで舞台《ぶたい》からおりると、客席《きゃくせき》の一列目にすわった。ジャクソン先生は、劇《げき》を監督《かんとく》するために舞台《ぶたい》うらにのこった。

昼間の公演《こうえん》とまったくおなじように、劇《げき》はスタートした。幕《まく》があがると、毛布《もうふ》を腕《うで》にかかえたファーン・エラブルが、なかに子ブタがいるみたいにやさしく話しかけ、観客《かんきゃく》が拍《はく》手《しゅ》した。第一のナレーターがエラブル一家の農場について説明《せつめい》し、赤ちゃんブタがいまにも殺《ころ》されそうであることを観客《かんきゃく》に教えた。

舞台《ぶたい》うらでは、ケリーがクモの足のついたベストをぬいでジョージにわたし、ジョージはジャクソン先生が見ていないことを確認《かくにん》してからベストを着た。

つくりものの足は、中味が綿《わた》なので重くない。でも、かさがある。ジョージはケリーがやっていたように、クモの足をまとめてつかみ、ころばないようにした。

鏡《かがみ》の前でかぞえきれないほど何度もやってきたように、手で髪《かみ》をうしろから前へととかし、出番を待つ。出だしの場面がこれほど長く感じられたのは、はじめてだった。

ザッカーマンさんの農場でくらす動物たちがブタのウィルバーにあいさつするころには、ジョージは緊張《きんちょう》と興奮《こうふん》から、つま先立ちになって体を上下にゆすっていた。

シャーロットの最初《さいしょ》のせりふは、もうすぐだ。ジョージははしごをのぼり、背景幕《はいけいまく》の上に出て、観客《かんきゃく》の前に姿《すがた》をあらわした。

「ごきげんうるわしくていらっしゃる？」

ジョージはあいさつした。大きくはっきりした声だが、シャーロットのやさしさを感じさせる、やわらかくリズミカルないい方だった。下を見ると、ケリーが片手《かたて》ではしごをささえ、片手《かたて》でジョージの写真をとっていた。

下の舞台《ぶたい》で、だれかが息をのんだのがきこえた。つづいてもう一人。でも、ジョージはせりふをつづけた。「ごきげんうるわしくていらっしゃる?」の意味を、動物たちに説明《せつめい》する。にっこり笑《わら》って、ウィルバーと観客《かんきゃく》に手をふる。まるで、世界じゅうにこんにちはとあいさつするように。観客《かんきゃく》もほほえみかえした。小さな子は手までふった。

ユーデル先生は一列目のまんなかにすわり、まゆをひそめていた。ろうかでジョージのオーディションをしたときそっくりに。ジョージは目をそらした。ママの反応《はんのう》が気になったけれど、客席《きゃくせき》は人でいっぱいで、どこにいるかわからなかった。

お客さんがジョージを見つめ、シャーロットのつぎのせりふを待っていた。

ジョージは期待をうらぎらなかった。せりふはひとことのこらず、練習したとおりにいえた。一か所もまちがえなかった。ジョージは宙《ちゅう》をただよっているような気分になった。

登場場面がおわると、はしごをつたいおりた。体が空気のように軽く感じられ、足が床《ゆか》についても実感がなかった。ケリーがうしろからだきついてきて、綿《わた》でできたクモの足とジョージの腰《こし》をつかんだ。

「わお、ジョージ、すっごくよかったよ!」ケリーはささやいた。「ほんとに。」

「ありがとう。」

ジョージは、ちょっとまのぬけた、とろんとした笑顔《えがお》をかがやかせた。

「かんぺきに女の子みたいだった。」

ケリーはジョージの手を――つくりものの足ではなく、ほんものの手をとった。

「ていうか、ジョージはかんぺきに〝女の子〟だよ。」

そういって、親友をぎゅっとだきしめた。

ジョスリンが両手をかたくにぎりしめて、二人のほうに歩いてきた。

「こんなのゆるされないわよ！」

大きなひそひそ声でいう。

「どうして？」

ウィルバー役のアイザイアが、ひそひそ声でききかえした。

「そうだよ。」ネズミのテンプルトンを演《えん》じるクリスが、舞台《ぶたい》うらの話し合いに首をつっこんできた。「どうして？　ジョージはうまかったじゃないか。ケリーよりうまかったぐらいだ。気を悪くしないでくれよ、ケリー。」

ケリーは肩《かた》をすくめた。

「あたしは、あそこまでじょうずじゃなかったもんね。」

「でも、ほかの出演者《しゅつえんしゃ》の調子がくるうでしょ。」と、エマ。

ナレーターのほぼ全員が、ジョージをかこむ輪《わ》にくわわっていた。農場の動物役の何人かも。ほんとうなら、舞台《ぶたい》でガーガーとかモーとか鳴いていなければならないのに。リックは幕《まく》のそばにとどまったまま、無言《むごん》だった。

「シーッ。」

ジャクソン先生が一団《いちだん》に近づいてきて、ジョージとケリーからひきはなした。

舞台横《ぶたいよこ》の幕《まく》がゆれて、しかめっつらのユーデル先生が舞台《ぶたい》うらにやってきた。先生はジョージにむかって歩きだしたが、マルドナド校長先生がすぐうしろにあらわれたかと思うと、ユーデル先生の肩《かた》に手をおいた。校長先生は、ユーデル先生の耳になにかささやいた。

ユーデル先生は、ジョージ、ケリー、そして最後《さいご》に、マルドナド校長先生の顔を見た。指を一本あげて口をひらきかけたが、そこでやめた。まだ上演中《じょうえんちゅう》の舞台《ぶたい》を見、そのむこうにいる観客《かんきゃく》を見やる。先生はケリーに弱々しくほほえみかけ、ジョージにはさらに弱々しい笑《え》みをむけて、舞台《ぶたい》からおりた。

校長先生は、首というよりもまぶたを動かして、ジョージにそれとなくうなずいてみせた。それから校長先生も舞台《ぶたい》からおりた。

シャーロットのつぎの登場場面がせまっていた。ジョージはしんちょうにはしごをのぼり、登場の合図をしずかに待った。

劇《げき》はすみやかに進行していったけれど、ジョージはとても長い時間、この舞台《ぶたい》にいるような感じがしていた。自分はここで生まれ、ずっとここにいたのだと、いま気がついたみたいに。

ブタのウィルバーは、まぬけでおどけたしぐさをした。ネズミのテンプルトンは、シャーロットが巣《す》にあみこむことばをさがして走りまわった。ガチョウのおじさんと奥《おく》さんはガーガー鳴いてまわり、たいていはうるさいだけだった。まさしく、ほんものの農場が舞台《ぶたい》にやってきたみたいだった。

クモのシャーロットはその中心にいて、みんなに友情《ゆうじょう》と知恵《ちえ》をわけあたえた。ジョージは一瞬一瞬《いっしゅんいっしゅん》を満喫《まんきつ》しながら、観客《かんきゃく》にせりふをとどけた。観客《かんきゃく》は、つぎのせりふを待ってジョージを見つめ、ジョージはそんな観客《かんきゃく》を見つめた。

あっというまに、最後《さいご》のせりふをいうときがきた。シャーロットは死にかけている。それがこの世の決まりで、シャーロットには運命を受けいれることしかできない。

ジョージの声ににじむ悲しみは、胸《むね》の奥底《おくそこ》からこみあげてきたものだった。あと少しで出番がおわってしまう。

「さようなら、ウィルバー。」

最後《さいご》のせりふが、客席《きゃくせき》へ、ジョージの手のとどかないところへと、ただよっていく。すぐにはしごをおりられず、ジョージは顔をあげた。観客《かんきゃく》は、みんな悲しそうな顔をしていた。小さな子は、服のそでで目をぬぐっている。あいかわらず、ママがどこにいるかはわからなかった。

下までおりたところで、ジョージも泣《な》きだした。舞台《ぶたい》うらのかべにもたれ、ひざをかかえて。悲しみとよろこびがあふれてきたのだ。シャーロットは死んでしまったけれど、ジョージはある意味、思いもよらなかったほど生きていることを実感していた。演《えん》じたあとのくらくらするような満足感《まんぞくかん》につつまれながら、劇《げき》ののこりを舞台《ぶたい》そでから見守った。

まもなく、観客《かんきゃく》が拍手《はくしゅ》しはじめた。

だれかに腕《うで》をつかまれ、ジョージもほかの出演者《しゅつえんしゃ》といっしょに一列にならんだ。全員がそろっておじぎをした。つぎに、人間役の子どもたちが前へ出て、二度目のおじぎをした。テンプルトンを演《えん》じたクリスが前へ出ると、拍手《はくしゅ》がいっそう大きくなった。アイザイアがもう一度、両手両足をついてブタみたいにブヒブヒいうと、笑《わら》いが起き、さらに拍手《はくしゅ》が大きくなった。

だれかにそっとおされるのを感じて、ジョージは足のおもむくまま、舞台《ぶたい》の中央にすすみでた。講堂《こうどう》は、それまでになかったほどの大きな拍手《はくしゅ》につつまれた。何度かまばたきをすると、ユーデル先生が手ぶりで「おじぎをしなさい」といっているのが見えた。ジョージは観客《かんきゃく》を見て、これしかないと思ったことをした。片足《かたあし》をうしろにひいて、ちょっと体を低《ひく》くするおじぎをしたのだ。スカートを上品につまんでみせることはできなかったけれど、その必要《ひつよう》はなかった。ジョージは優雅《ゆうが》だった。そして、その瞬間《しゅんかん》を、できるだけしっかりと胸《むね》にだきしめた。幕《まく》がおろされてからも。

クラスの子たちが手をたたいたり、はやしたり、ウォーッといったりしていた。何人かがジョージの背中《せなか》をたたいた。

「やったじゃん。すっごくよかったよ！」

ジャクソン先生が舞台《ぶたい》うらから出てきて、大きな声でいった。

「成功《せいこう》おめでとう！　全員、すばらしかったぞ！　みんなをおどろかせた花形役者もふくめて！」

先生はジョージにほほえみかけた。

「さて、感動したご家族がおおぜい、おめでとうをいいたくてうずうずしているはずだ。さあ、外に出た出た！」

ジョージは幕《まく》の合わせ目を通りぬけ、舞台《ぶたい》の上から客席《きゃくせき》を見わたした。子どもたちが人ごみをぬうように歩いて父母を見つけたり、友だちに、またあしたねとあいさつしたりしている。クリスはお気に入りの場面をいくつか、もう一度やってみせていた。ケリーはあちこちはねまわりながら、写真をとっている。その近くで、ケリーのパパがジョージにむかって、やったねと親指を大きくあげてみせた。講堂《こうどう》のうしろのドアを、リックがするりと出ていくのが見えた。一人できていたのだ。リックはジェフになにかいうだろうか。

父母と話している子どもたちのあいだから、ジョージの名前がきこえてきた。「男子」ということばも。おとなたちの顔がこちらをむく。ほとんどの人が、おどろきをかくさずにジョージを見た。何人かは笑顔《えがお》で手をふった。のこりの人は、いやなものを見るように顔をゆがめた。ジョージはじろじろ見られるのがいやで、舞台《ぶたい》からおりた。

ママが中央の通路を歩いてくる。人ごみのなかで、けわしい顔をしたママはめだっていた。ジョージは、その場から動けなくなった。

「まったく、完全《かんぜん》に不意《ふい》をつかれたわ。」と、ママはいった。「最初《さいしょ》は、あなただって気づきもしなかった。ケリーのはずだと思っていたから。ところが、舞台《ぶたい》にあがっているのはわたしの息子《むすこ》だった。そして、講堂《こうどう》に集まっている人ほぼ全員に、女の子だと思われていた。」

ジョージはくちびるがふるえたが、はっきりした声でいった。

「自分でも思ったよ。」

「自分でも思ったって、なにを?」

シャーロットの自信《じしん》が、まだわずかながらジョージのなかにのこっていた。

「このあいだもいったでしょ。ぼくは女の子なんだって。」

ママの顔が石のようになり、口がすぼまった。

「その話は、いまはやめておきましょう。」

マルドナド校長先生がこちらに歩いてくるのに、ジョージは気がついた。先生はやわらかな笑《え》みをうかべていた。

「おめでとう！　すばらしい演技《えんぎ》だったわよ！」

先生はジョージにそういってから、ママのほうをむいた。

「今夜のお子さんはすばらしかったです。おたくには、いつの日か有名俳優《はいゆう》が誕生《たんじょう》するかもしれませんね。」

「ありがとうございます。」ママは礼儀《れいぎ》正しくほほえんだ。「この子は、たしかに特別《とくべつ》な子です。」

「親は子どものあり方をコントロールできませんけど、ささえることは、まちがいなくできます。そう思いませんか？」

校長先生のイヤリングが、講堂《こうどう》の照明《しょうめい》を受けてきらきらとかがやいた。

「失礼《しつれい》ですけれど、そろそろ家へ帰って夕食にしないと。」

ママは、ほんとうはなにもさがしていないのに、ぎこちなくバッグのなかをごそごそしながらいった。

「それじゃ、今夜は花形役者さんに、デザートをどっさりあげてくださいね！」

「もちろんです。」

ママが答えた。

マルドナド先生はジョージの体に腕《うで》をまわした。校長先生はバニラの香《かお》りがした。

「ジョージ、すてきだったわよ。ほんとうにすてきだった。」マルドナド先生は、ジョージの耳に口をよせた。「校長室へは、いつでもきていいですからね。」

そうささやいてから、先生ははなれていった。

ママはジョージの手をとり、まだのこっている人たちのあいだを足早に歩いていった。ろうかに出ると、講堂《こうどう》からきこえるざわめきが小さくなり、足音がひびいた。

外は街灯《がいとう》がともるくらいに暗くなっていたが、空はまだ少しだけ明るかった。ママの手のなかで鍵《かぎ》がゆらゆらゆれている。ママもジョージも、ひとこともしゃべらなかった。

家につくと、テレビでダンス・コンテストを見ながら、夕食にスパゲティを食べた。スコットは、まだランディの家から帰ってこない。ママがたびたびこちらを見ているのにジョージは気づいたが、見かえすと、ママの目はテレビ画面にそそがれていた。コマーシャルのあいだも。いつもはコマーシャルなんか見ないのに。

その夜は、ママもジョージも劇《げき》の話をしなかった。でも、自分の部屋にもどってから、ジョージは巣《す》の上でおどるクモさながらに、くるくる、くるくる、まわりつづけた。

11章　招待《しょうたい》

よく朝、ケリーは校庭で女子の輪《わ》のなかに立ち、大きな手ぶりをまじえて話をきかせていた。でも、ジョージを見つけると話すのをやめた。ケリーたちはジョージをさし、自分たちのほうへ呼《よ》んだ。

「われらがヒーローの登場です！」

ケリーは笑顔《えがお》で両手をひろげた。まるで、クイズ番組で賞品《しょうひん》の車を紹介《しょうかい》するモデルみたいだった。

「ジョージったら、どうしてせりふを全部おぼえてたの？」

マディがたずねた。

「舞台《ぶたい》で女子の役を演《えん》じるのって、どんな気分？」

エリーがたずねた。

「最初《さいしょ》は、あんたが男の子だって気がつかなかったよ。」

アリーヤがいった。アリーヤはジャクソン先生のクラスの女の子で、農場の動物を演《えん》じた一人だ。

「ほんとうにうまかったってきいたよ。」

きのう講堂《こうどう》にきていなかったデニースがいった。

「あたしはいまでも、あんたは、あんなことしちゃいけなかったと思ってる。」ナレーターの一人だったエマがいった。「なにもかも、めちゃくちゃになったかもしれないんだからね。」

「それに、あんた男でしょ。なんで女子の役なんて演《えん》じたかったわけ?」

ジョスリンがきいた。

「あたしは舞台《ぶたい》で男になるなんて、想像《そうぞう》もできないな。みんなが、あたしはほんとうは女子だって知ってるにしても。」と、マディ。

「うん、はずかしいよね。」と、デニース。

返事もできないほどの速さであれこれいわれたのが、かえってよかった。ジョージにはなんと答えたらいいか、わからなかったからだ。ただ、肩《かた》をすくめて弱々しく笑《わら》っていた。いまここでシャーロットになれたらいいのに、と思った。そうしたら、質問《しつもん》ぜめにされても、いきおいにのまれたりせず、かしこい返事をすることができたのに。

そのとき、ぞっとするような笑《わら》い声《ごえ》が、背後《はいご》からきこえた。ききおぼえのあるしのび笑《わら》いが、高笑《たかわら》いへと変《か》わった。ジェフだ。

ジョージが心の準備《じゅんび》をするよりも先に、ジェフが正面にきて、リックがその横に立った。ジェフがジョージの肩《かた》をこづいた。強くおしたわけではなかったけれど、不意《ふい》をつかれたジョージは、うしろによろめいた。集まっていた女子は散《ち》っていき、ジェフとリックに、ジョージとケリーがむきあうかっこうになった。

ジェフがまた、不快《ふかい》な笑《わら》い方《かた》をした。

「おまえ、きのう劇《げき》に出たんだってな、〝シャーロット〟。」

「出たよ。でもって、すごくうまかったんだから！」

ケリーがいった。

「おまえはひっこんでろ。おれはジョージと話してるんだ。こいつは、おまえなんかよりずっと女みたいなんだよ。」

「ケリーに手を出さないで！」

ジョージは大きな声でいった。

「さもないと、どうする？」

ジェフがきいた。

「とにかく、ケリーに手を出さないで。」

ジョージは地面を見つめた。

「いいかげんにしろよ、ジェフ。いこうぜ。」リックがジェフのひじをひっぱった。「約束《やくそく》したろ、きのうなにがあったか話したら、ジョージにはちょっかい出さないって。」

「知るか。」ジェフはジョージのひたいを指ではじいた。「このできそこないは、むかつくんだよ。このあいだ着てたT《ティー》シャツはおれのお気に入りだったのに、ママが洗《あら》っても洗《あら》っても、こいつのくさいにおいを落とせないんだってさ。」

ジェフはゲラゲラ笑《わら》ったかと思うと、リックとともに歩きさった。

「あいつらのことなんて、気にしなくていいよ。」ケリーがいった。「それより、びっくりさせることがあるんだ。ビルおじさんが、日曜日にあたしたちを動物園につれてってくれるんだって！」

ジョージは鼻にしわをよせた。動物園は、動物のふんのにおいがする。それに、ケリーとジョージは去年、スミスフィールド動物園なんて赤ちゃんむけだと、結論《けつろん》を出したばかりだった。いちばんいっぱいいるのはカモだし、いちばん変《か》わった動物といえば、最近《さいきん》四十歳《さい》の誕生日《たんじょうび》をむかえた、おこりっぽい年よりポニーなのだ。

「ばかね、スミスフィールドたいくつ園じゃないってば。」ケリーが目玉をぐるりとまわした。「車で、ニューヨークのブロンクス動物園までいくんだよ。動物が六百種類《しゅるい》以上《いじょう》いるんだって。トラにゴリラにキリン。ヤギやヒツジじゃないよ。パンダだっているんだ！日曜日、いけるでしょ？」

「たぶん。」

ジョージは答えた。

「だってね、あたし、考えたんだ。」ケリーは声を低《ひく》くした。「ブロンクス動物園はすんごく遠いから、知っている人には会いっこない。それに、ジョージは、あたしのおじさんに会ったことないでしょ？」

ジョージはうなずいた。

ケリーは、にっと笑《わら》った。

「わかんないの？　あたしたち、〝女の子の親友どうし〟として出かけられるんだよ。思いっきりおしゃれして！」

ジョージは、ぽかんと口をあけた。ケリーのことは、前から親友だと思っていた。でも、これまでケリーと女の子どうしになったことは一度もない。だれといても、ジョージは女の子になったことがなかった。シャーロットを演《えん》じたときをのぞけば。

「あたしのいったこと、きこえた？」

「スカート、はける？」

〝スカート〟ということばを口にするだけで、ジョージは首すじがぞくぞくした。

「もちろん。おしゃれするとき、女の子はスカートはくんだよ。女の子がどういうふうにするか、いっぱい教えてあげるからね、ジョ……あ。」ケリーはちょっと口をつぐんだ。

「あたしがジョージって呼《よ》んだら、その瞬間《しゅんかん》に、おじさんはなんかへんだって気がつくよね？」

ジョージは秘密《ひみつ》の名前のことを考えた。いままで声に出していったことはない。雑誌《ざっし》のなかの友だちにむかっても。

「メリッサって呼《よ》んでくれればいいよ。」

いまはじめて、声に出していった。

「メリッサ。」ケリーが目を大きく見はっていった。「いいね。すてきな女の子の名前だ。」

今度は一音ずつひきのばして、もう一度いった。

「メー、リッ、サー。かんぺきだよ！」

ジョージはちょっと横をむいて、あごを肩《かた》にくっつけた。ほおが熱《あつ》くなってる。

「だいじょうぶ？」

ケリーがたずねた。

「うん。」と、ジョージ。「耳できいて、やっぱりいいなって思っただけ。」

「何度でも呼《よ》んであげるよ。メリッサ。メリッサ、メリッサ、メリッサ！」

ケリーはジョージのまわりをまわりだした。「メリッサ」というたびに、両手を大きくひろげていく。

ジョージはあわててケリーの口を手でおさえた。

「頭おかしくなったの？　ジェフがすぐそこにいるんだよ。」

ジョージは首をぐいと横に動かした。

「だから？　あたしには、メリッサっていう名前の友だちがいる。それがだれのことか、ジェフは知らない。どっちみち、あいつには関係《かんけい》ないし。」

ケリーはジョージのまわりをおどってまわり、ふしをつけて「メリッサ」とくりかえした。ジョージがくすくす笑《わら》い、顔をまっ赤にするまで。ジョージはきょうまで、女の子の名前で呼《よ》ばれたことが一度もなかったのに、ケリーはもう歌までつくってしまった。

始業のベルが鳴り、校庭にいたおおぜいの生徒《せいと》が整列した。二〇五教室へと階段《かいだん》をのぼっていくあいだも、ジョージの頭のなかではケリーの歌がこだましていた。

メリッサ、メリッサ、メリッサ……。

ジョージが家に帰ると、ママがソファーにすわっていた。正面にはノートパソコン、サイドテーブルには、オレンジ味の缶入《かんい》り炭酸水《たんさんすい》がおいてある。テレビのチャンネルはお昼のメロドラマにあわせてあるけれど、音はしぼられていた。

「こっちにいらっしゃい、ジージー。」

ママは自分のとなりをぽんぽんとたたき、パソコンをとじてテレビを消した。そして、何度か深呼吸《しんこきゅう》をしてから話しだした。

「きのうの演技《えんぎ》、すばらしかったわ。最初《さいしょ》はおどろいたけれど、ありのままの自分を出したあなたを、ママは心からほこりに思う。学校で、友だちはなんていってた？」

ジョージは肩《かた》をすくめた。

「たいしたことはいわれなかった。ジェフは、ややつだった。」

「そんなの、前からわかってたことでしょ。あなたは強い子だわ。でも世のなかは、ふつうとちがう人にやさしいとはかぎらない。ママはとにかく、あなたに必要以上《ひつよういじょう》に苦しい道を歩んでほしくないの。」

「男の子のふりをするのは、ほんとうに苦しいんだ。」

ママは何度かまばたきをした。

もう一度目をひらいたとき、涙《なみだ》がひとつぶ、ほおをつたい落ちた。

「つらかったわね、ジージー。わかってあげられなくて、ほんとうにごめん。」

ママはジョージをひきよせると、ぎゅっとだきしめた。

「あなた、ほんとうに、自分は女の子だって感じるのね？」

「うん、そうなんだ。小さいとき、ママのスカートをワンピースみたいに着てるのを、見つかったことあったでしょ？」

「ええ。」

「それから、バレリーナになりたいっていったら、スコットが『おまえは男の子なんだからなれるわけないだろ』っておこりだしたの、おぼえてる？」

「チュチュを買ってあげなかったら、あなたがかんしゃくを起こしたのはおぼえてるわ。」

「ママ、おこってる？」

「ああ、ジージー、まさか。」ママはジョージの髪《かみ》をなで、深くため息をついた。「でも、あなたには、だれか相談する人が必要《ひつよう》だと思うの。たぶんママも、そういう人がいてくれたらたすかるわ。こういうことにくわしい人が。」

自分みたいな〝かくれた女の子〟が、みんなにほんとうの自分を知ってもらいたいと思ったとき、最初《さいしょ》にするのはセラピストに会うことだと、ジョージは知っていた。

「そうしたら、髪《かみ》をのばして女の子になれるかな？」

「一歩ずつ、すすんでいきましょう。」

ママは、もうひとつぶ、ほおに落ちてきた涙《なみだ》をぬぐった。そして、こほんとせきばらいをした。

「さて、宿題をかたづけちゃったら？」

ママがキッチンで夕食のしたくをしているあいだに、ジョージは単語《たんご》の宿題をひっぱりだし、テーブルでやった。ママはコーンブレッドミックスの粉《こな》と卵《たまご》、ミルクをボウルに入れた。わきをしめて、しずかに手早くボウルの中味をまぜはじめる。いつもみたいに、料《りょう》理《り》をしながら鼻歌をうたったり、おどったりはしなかった。

家のなかはしずかだった。自転車がガチャンと地面にたおれる音とともに、スコットが帰ってくるまでは。

家にとびこんでくるなり、スコットは階段《かいだん》をかけのぼってトイレに直行した。

「ふあああああ。」のんびり階段《かいだん》をおりてきながら、スコットがいった。「〝用を足す〟っていい方も納得《なっとく》だよな。ほんと、だいじな用事をすませたって感じ！」

「スコット、自転車を物置《ものおき》にちゃんとしまってきなさい。ジージー、テーブルの用意をして。もうすぐ夕食の時間よ。」

ママは、バーベキューソースをかけたチキンとコーンブレッド、ブロッコリーを三枚《まい》の皿に盛《も》りつけ、テーブルにはこんだ。ジョージはアイスティーを三つのグラスにそそぎ、フォークとナイフ、ナプキンをならべた。

夕食のあいだ、スコットは今回の社会科のテストが不公平《ふこうへい》だったともんくをいい、首なしのニワトリ、マイクの話をした。一九四〇年代に、首なしの状態《じょうたい》で十八か月も生きつづけたという実在《じつざい》のニワトリだ。スコットが皿の上の骨《ほね》つきチキンをつかってマイクを演《えん》じてみせると、ジョージは笑《わら》いすぎてむせそうになった。ママさえも、くすくす笑《わら》った。

その夜、ジョージが自分の部屋にもどると、ベッドの上にデニムの手さげがのっていた。ジョージのたいせつな雑誌《ざっし》がすべて入ったまま。

12章　メリッサ、動物園へいく

ジョージは日がのぼるよりも先に目がさめ、もう一度ねむることができなくなってしまった。小さかったときでも、動物園へいくのにこんなにわくわくしたことは一度もない。

暗くもった空がうっすらむらさき色にそまると、ベッドから起きだし、シリアルとリモコンを持ってテレビの前にすわった。でも、見たいと思う番組はなかった。時間が早すぎて、おもしろい番組はまだやっていないのだ。〈マリオカート〉をはじめてみたものの、気が散《ち》って、カートは深い溶岩《ようがん》のなかに落ちてばかりだった。

空が明るくなりはじめたけれど、ケリーの家に出発するには、まだ二時間近く早い。うら庭に出ると、夜露《よつゆ》でしめった春の草が、スニーカーの下でキュッキュッと鳴った。

うら庭のいちばん奥《おく》には、古いオークの木が立っていて、下のほうの枝《えだ》に、むかしふうのブランコがつるされている。パパがママとわかれたあと、まだ近くに住んでいたときにつるしてくれたのだ。木の板に太いロープが二本くくりつけられていて、ブランコの下は、そこだけ土がむきだしになっている。足でこすられつづけたせいで、草がはえなくなってしまったのだ。座面《ざめん》は、もとは明るい赤色だったけれど、いまはペンキが色あせ、灰色《はいいろ》の木がのぞいているところもある。

以前《いぜん》はスコットと、乗る順番《じゅんばん》のとりあいになった。二人でいっしょに乗ったこともあった。でも、スコットはずいぶん前からブランコに乗らなくなり、ジョージも最後《さいご》に乗ったのは去年だ。

ジョージは上着のひじで座面《ざめん》から土ぼこりをはらい、腰《こし》をおろした。つま先立ちになるまで、小さな歩幅《ほはば》でうしろにさがっていくと、おしりが座面《ざめん》におされた。そこでつま先を地面からはなし、体をうしろにそらして、朝の空気にむかっていきおいよくのぼっていった。最初《さいしょ》はそのままゆれていたが、すぐに足でこぎはじめ、どんどん、どんどん、高くのぼった。まもなく、空までこいでのぼるたび、おとなりの庭が見えるようになった。

日の出からまもないので、東の空はまだオレンジ色にそまっていた。太陽は地平線をはなれ、ジョージがオークの木かげからこぎでるたび、顔に日ざしのぬくもりが感じられた。ブランコのリズムと風を楽しみながら、ジョージは長いあいだブランコに乗っていた。

きょうは、どんなスカートをはけるんだろう。ケリーと友だちらしく見えるかな。ビルおじさんて、どんな人だろう。スコットとおなじくらいにぶい人なら、ふつうの女の子じゃないって気がつかないはずだ。もし気がついたら、やさしくしてもらえるかどうかわからない、とジョージは思った。ケリーは、やさしいおじさんだというけれど、ケリーのいうとおりじゃなかったことは前にもあった。おじさんは、ジョージを笑《わら》うかもしれない。動物園におきざりにすることだってあるかもしれない。それでも、ケリーといっしょに女の子としてすごすチャンスは、ぜったいにのがせなかった。

ジョージがなかにもどると、ママがフライ返しを片手《かたて》にコンロの前に立ち、フライパンのなかを見ていた。大きな字で〈シェフにご用心〉と書かれたエプロンをしている。あまいにおいがあたりにただよっていて、ジョージのおなかが鳴った。

「パンケーキ食べる?」

と、ママがきいた。

「うん。シナモン入りがいいな。」

ママに、ケリーとの計画について話そうかとも思ったけれど、このまえ「一歩ずつ、すすんでいきましょう」といわれたのを思いだした。冒険《ぼうけん》の話は、ママの心の準備《じゅんび》ができてからにしよう。

そこで、ジョージはママに、きょう見る予定《よてい》の動物の話をした。ブロンクス動物園行きには、特別《とくべつ》なところなんてひとつもないみたいに。

朝食を食べおえると、自転車を出してきてヘルメットをかぶった。図書館の前を通り、坂道をのぼり、ママにときどきミルクやパンを買ってきてたのまれる食料品店《しょくりょうひんてん》をすぎた。前庭がサボテン園になっているむらさき色の大きな家や、年とったベビーシッターさんが住んでいた家の前を通りすぎる。墓地《ぼち》のまわりを二周《しゅう》した。なだらかな坂をのぼってから、うらにまわり、とちゅうにこぶが三か所ある道をシャーッとおりた。

もうこれ以上《いじょう》待てなくなったところで、ケリーの家へとむかった。もう少しでたおれそうになるくらい、のろのろした速度でペダルをこぎ、横の通りをいったりきたりした。それでも十五分も早くついた。外で待ったけれど、頭が破裂《はれつ》しそうな気がしてきた。とうとうノックをしたら、たちまちドアがあいた。ケリーは地下のアパートへとジョージをひきいれた。緑色のパジャマを着て、髪《かみ》はうしろでひとつにまとめている。

「やっときた！　いますぐ着がえよう！」

「パパが起きてきて、見られたらどうするの？」

ソファーベッドで寝《ね》ているケリーのお父さんを見ながら、ジョージがささやき声できいた。

「冗談《じょうだん》いわないでよ。パパはきのうの夜、〈メイソンズ〉でライブをやったんだよ。お昼ごろまで動きもしないって。」ケリーは、いびきをかいている父親を親指でさした。「なにか見ても、夢《ゆめ》だと思うよ。」

ケリーはジョージを自分の部屋につれていき、なかに入るとドアをしめた。クローゼットもたんすの引き出しもほとんどがあいていて、女の子の服がいっぱい、きれいにしまってあるのが見えた。机《つくえ》の上には、いろんな化粧品《けしょうひん》がならんでいる。その横には、香水《こうすい》のびんもきれいに一列にならべてあって、いいにおいがただよっていた。

「〈ケリーのサロン〉へようこそ。ねえねえ、どう？」

ジョージは胸《むね》がはちきれそうだった。雑誌《ざっし》のページが全部、ケリーの部屋に現実《げんじつ》となってあらわれたみたいだった。

「なんだか……夢《ゆめ》みたい。」

「最初《さいしょ》にどれを着てみたい？」

「どれを着ていいの？」

「着たければ、どれでもだよ！」

ジョージは、クローゼットにかかっているスカートを見た。どうやってえらんだらいいのか、見当もつかない。

「どれがにあうと思う？」

「ぴったりの服がございます。」

ケリーの口ぶりは、高級ブティックの店員さんみたいだった。クローゼットに走っていって、むらさき色のフレアースカートをとりだすと、つづいて引き出しからショッキングピンクのタンクトップをひっぱりだして、ジョージにわたした。タンクトップはやわらかかった。ジョージが着たことのある、男の子用のどんなシャツよりも。それに、こんなふうにスカートを手に持つのもはじめてだ。両方あわせると、魔法《まほう》みたいだった。

「ケリーがスカートを持ってるなんて、知らなかった。」

ジョージはいった。

「学校には、はいていかないからね。男子はきたないし、スカートのなかをのぞこうとするし。」

「ぼくはぜったい、そんなことしないよ。」

「あたりまえでしょ。あんたは男子じゃないんだから。」

「あ、そっか。」

ジョージは声をあげて笑《わら》った。ジョージでさえ、ときどき自分の体にだまされることがある。ケリーも声をあげて笑《わら》った。地下の窓《まど》の横をだれかが通ったら、足もとの部屋にいるのは女の子どうしだと、うたがいもしなかっただろう。女の子二人で、おしゃれや男の子や、そのほか女の子が大好《だいす》きな話題でもりあがっているのだろうと。

「じゃ、それ、ためしてみる?」

ジョージはゆっくりうなずいた。

「うしろむいててくれる？」

「もっちろん！」

ケリーはくるっとクローゼットのほうをむき、シャツとスカートをあわせては、ぴったりの組み合わせをさがしはじめた。

ジョージは、ケリーからわたされたタンクトップを見た。ランニングシャツにちょっとにてるけれど、こっちのほうが肩《かた》ひもが細い。T《ティー》シャツをぬいで、この女の子用の服を頭からかぶった。むきだしになった肩《かた》がスースーする。つぎに、スウェットパンツをぬいでスカートに足を入れた。スカートをウェストまで持ちあげてから、生地《きじ》がすとんときれいに落ちるようにした。

鏡《かがみ》を見たジョージは、はっと息をのんだ。メ、リ、ッ、サ、が、息をのんでこちらを見かえしている。長いあいだ、ジョージは、ただまばたきをくりかえしながら、そこに立ちつくしていた。ジョージがほほえむと、メリッサもほほえむ。

涙《なみだ》で目がちくちくしてきたので、くるっとまわってみた。スカートがふわりとふくらんだ。足を交差《こうさ》させてとまると、モデルみたいな気分になった。

こちらをむいた瞬間《しゅんかん》、ケリーがキャーッといった。

「うわ、すっごくにあってるよ……メリッサ。」

メリッサは自分の名前が呼《よ》ばれるのをきいて、胸《むね》がふるえた。

「写真とってもいい？」

ケリーはメリッサが答えるよりも先に、カメラをつかんだ。

「今度はこっちを着てみて。」

ケリーは、すそにきらきらしたフリンジのついた黄色いスカートと、まんなかに黄色いハートがかかれた黒いT《ティー》シャツをメリッサにわたした。

メリッサはスカートのフリンジにさわった。いま着ている服をぬぎたくはないけれど、フリンジはすごくかわいく見える。はいて動いたら、ひざをなでるようにゆれるだろう。

ケリーがもう一度クローゼットのほうをむくと、メリッサは上を着がえた。つづいて黄色いスカートに足を入れ、ウエストまで持ちあげる。ふたたび鏡《かがみ》を見つめ、そこにうつっている自分を見て、ぼうぜんとした。いつまでも見つめていられそうだった。

そのとき、自分も着がえたケリーが、ジョージに感想をたずねた。

「あたし、優雅《ゆうが》でしょ？　ニューヨークは、すごく優雅《ゆうが》なところなんだよ。」

ケリーは黒のロングスカートに上も黒を着て、黒い絹《きぬ》の手ぶくろをはめていた。

メリッサは顔をしかめた。

「なんだか動物園のお葬式《そうしき》にいくみたい。」

ケリーは声をあげて笑《わら》った。

「うん、そのとおりだね。」

そういうと、指のところをひっぱって手ぶくろをぬいだ。

メリッサは、つぎつぎと半ダースもの服をためしてみた。まだ前の服をぬぎもしないうちに、ケリーがつぎを用意して、それぞれの服を着たメリッサの写真を五、六枚《まい》ずつとった。

「うわー」とか「おー」とかいいっぱなしのケリーの前で、メリッサは女の子の服を着てポーズをとりながら、笑《わら》ったらいいのか泣《な》いたらいいのか、わからなかった。やぶれてしまわないかと心配するように、生地《きじ》をそっと持ち、親指と人さし指のあいだでやさしくこってみる。

でも、いろんな服をためしてみたけれど、メリッサは最初《さいしょ》に着た服がどうしてもわすれられなかった。

「ぴったりの服って、ケリーもいったでしょ。そのとおりだったよ！」

ケリーもそれでいいといったので、メリッサはわくわくしながら、もう一度ピンクのタンクトップを着て、むらさきのスカートをはいた。部屋のまんなかでくるっと回転すると、解放感《かいほうかん》に頭がくらくらした。ケリーは、ぴかぴか光る黄色い字で〈エンジェル〉と書かれたピンクのT《ティー》シャツに、フリンジつきの黄色いスカートをあわせることにした。

メリッサを鏡《かがみ》の前にすわらせて、ケリーが髪《かみ》をとかしはじめた。最初《さいしょ》は横でわけてみた。つぎに反対側《はんたいがわ》の横でわけてみたけれど、けっきょく、前髪《まえがみ》がまゆのちょうど上にくるように、たらすことにした。

「おじさんに、ほんとうは女の子じゃないってわかっちゃったら、どうしよう？」

メリッサがたずねた。

「自分を見てごらんよ。女の子以外《いがい》に見えるわけないいじゃん。」

ケリーのいうとおりだった。メリッサはほっそりしているし、まだ体がまるみをおびる年齢《ねんれい》ではない。着ているのは女の子の服で、髪《かみ》も短いけれど女の子の髪型《かみがた》だ。たしかに、ほんものの女の子に見える。

ケリーは机《つくえ》のほうに手をふった。

「誕生日《たんじょうび》プレゼントに、おばさんからこんなにいっぱい化粧品《けしょうひん》をもらったんだけど、つかい方がよくわかんないんだ。」

「化粧品《けしょうひん》はひとつも持ってないけど。」メリッサはいった。「でも、雑誌《ざっし》で読んでるから、なんでも知ってるよ。」

ケリーから、リップグロスの小さな容器《ようき》を手わたされた。つるつるきらきらした中味に指を一本つけ、くちびるをなぞった。鏡《かがみ》を見ると、くちびるが光っていた。

メリッサとケリーは、セットに入っていたリップグロス全色とチークをつけてみた。メリッサはケリーに、チークをほお骨《ぼね》の上のほうにつけ、下にむかってぼかす方法《ほうほう》、ケリーの薄茶色《うすちゃいろ》の肌《はだ》にあう色のえらび方を教えた。ティッシュペーパーでぬぐっては新しい色をぬったので、使用ずみのティッシュの山ができた。二人は鏡《かがみ》にむかって、それから、おたがいの顔を見てほほえんだ。ケリーはつぎつぎと写真をとった。

「あ、どうしよう！」

メリッサが急に悲鳴をあげた。くつ下をはいた足を見おろすと、それまでのうかれた気分が恐怖《きょうふ》にとってかわった。ねずみ色のスニーカーを指さす。

「そんなの、考えてあるにきまってるじゃん。」

ケリーはベッドの下から、くつが何足も入ったかごをひっぱりだした。

「なんでもいっぱい持ってるんだねえ。ケリーがこんなに女の子っぽい女の子だなんて、だれも知らないんじゃない？」

「あんたが女の子っぽい女の子だってことは？」

ケリーは、にっと笑《わら》った。ごそごそさがして、かざりけのない白いサンダルをメリッサにわたした。メリッサの足には少し小さかったけれど、サンダルなので、たいしてこまらなかった。ケリーは、自分のスカートにあう黄色いスニーカーを見つけた。

二人とも用意はととのった。でも、ビルおじさんがまだこないので、ケリーはカーペットの上で側転《そくてん》をはじめた。スカートがおなかまでめくれあがり、ピンクのショーツがまる見えになる。回転しおえるたび、スカートをなでてなおさなければならなかったけれど、それでもケリーはやめなかった。

メリッサは、鏡《かがみ》にうつった自分をありとあらゆる角度から見た。うしろが見たくて、大きな鏡《かがみ》に背中《せなか》をむけて手鏡《てかがみ》を持ったりもした。

「ケリー？」メリッサは、親友がさか立ちになっているときに声をかけた。「もうひとつ、問題があるんだけど。」

「メリッサ、心配はやめなよ。どこもおかしなとこなんてないから。」

「ただね……いまはいてるのは、男の子用の下着なんだ。」

メリッサは、男の子用の白いブリーフのウエストゴムを強く意識《いしき》した。だれにも見えはしない。でも、メリッサは、それをはいていることを一日じゅう意識《いしき》しつづけるだろう。

「うへ！　やだ！　そんなの、とっととぬいで！」

ケリーは早くも、たんすの引き出しの前にいた。薄《うす》いピンクのショーツをメリッサに手わたす。ちっちゃな赤いハートのもようだ。

「それ、あげる。だいじょうぶだよ。きれいだから。」

「ほんとにいいの?」

メリッサはたずねた。

「もちろん。あたしは、はききれないくらい持ってるから。」

メリッサはうしろをむいて、むらさきのスカートをぬごうとした。

「スカートはぬがなくていいんだよ。はいたまま下着をかえられるから。スカートって、そういうとこ、すごい便利《べんり》。」

「あ、そっか。」

メリッサは自分の下着をぬぎ、ケリーのに足を入れ、スカートの下でひっぱりあげた。生地《きじ》が肌《はだ》にひんやり感じられたのをのぞけば、まるでなんにもはいていないみたいだった。

玄関《げんかん》のドアをノックする音がきこえ、ケリーがとびあがった。

「おじさんだ!」

ケリーは、おじさんを小さなアパートにまねきいれた。ビル・アーデンさんは、ケリーのお父さんのふたごといっても通りそうで、親しげなこげ茶色の目がきらきらしているところまでそっくりだった。仕事は画家で、スニーカーにあざやかな青や赤のしみがついている。

「おや、動物園にいくにしては、二人ともずいぶんおめかししてるな。」

ビルおじさんがいった。

「ハンサムな男の人に〝ニューヨーク〟までつれていってもらえるなんて、めったにないからね。」

ケリーは、きょう出かける大都市の名前を、南部の人みたいに間《ま》のびした発音でいった。

「歩きやすいくつをはいていることだけは、たしかだな。ありがたいよ、おじさんがニューヨークへいっしょに出かける女の人たちとちがって。といっても、一度にきれいなおじょうさん二人と出かけられるなんて、そんな名誉《めいよ》にめぐまれることは、めったにないんだよ。ケリー、こちらのかわいいお友だちは？」

「メリッサだよ。あたしにくらべると、ちょっとはずかしがりやなんだ。」

メリッサは動くのがこわかった。ほんの一歩でも動いたら魔法《まほう》がとけてしまいそうで。

「はじめまして、メリッサ。」

ビルおじさんの手は大きくて、握手《あくしゅ》は力がこもっていたけれど、強すぎることはなかった。

「それから、わがいとしのめいっ子くん。」おじさんは、ケリーをわきにだきよせた。「きみにくらべたら、乱暴者《らんぼうもの》のサイだってはずかしがりやだよ。」

「そんなことないと思う。」ケリーはいった。「でも、たしかめる方法《ほうほう》はひとつだけ。動物園へいくこと！」

ケリーは自分のジャケットを二着つかみ、一着をメリッサにわたすと、ビルおじさんの車まで、ひびわれた道をスキップしていった。

動物園までは二時間近くかかり、ビルおじさんはラジオから流れてくるディスコミュージックにあわせて、大きな声で調子はずれの歌をうたった。ケリーも、歌詞《かし》を知っているときはいっしょにうたった。

メリッサは後部座席《こうぶざせき》にケリーとならんですわり、ふわりとひろがったスカートをうっとりと見つめていた。すそにふれてみると、ほかのところよりちょっとだけ厚《あつ》みがあった。タンクトップに両の手のひらを上から下へとすべらせ、髪《かみ》を指ですいた。手をのばすと、ケリーがぎゅっとにぎってくれた。

ちょうどいい姿勢《しせい》をとれば、バックミラーに自分がうつって見えた。うれしくてくすくす笑《わら》いそうになり、こらえるのがたいへんだった。窓《まど》の外を見て、電柱を百までかぞえた。二回。二回とも、いつまでもこうしていられますように、と祈《いの》った。

ようやく、〈ブロンクス動物園〉と書かれた大きな緑色の標識《ひょうしき》が見えてきた。右をさす太い矢印《やじるし》がかかれている。ビルおじさんは高速道路をおり、まもなく、とてつもなく広い駐車場《ちゅうしゃじょう》の入り口で料金《りょうきん》をはらった。それから、車がずらっとならんだ前を通り、奥《おく》のほうの駐車《ちゅうしゃ》スペースに車をとめた。

あたりには干《ほ》し草《くさ》のにおいがたちこめ、動物のふんのにおいもうっすらまじっている。なかに入れば、ふんのにおいはもっと強くなるだろうけれど、メリッサは気にならなかった。きょうは一日じゅう、女の子のかっこうで歩きまわれる。子どももおとなも、動物だって、メリッサを女の子だと思うだろう。メリッサとケリー以外《いがい》は、だれも秘密《ひみつ》を知らない。

周囲《しゅうい》では、赤ちゃんをつれた親たちが車からベビーカーを出すのに苦労《くろう》していて、そばで年上の子どもたちが待っていた。ケリーとメリッサ、ビルおじさんは、入場券《にゅうじょうけん》売り場へむかった。短い列ができていたけれど、すすむのが速く、三人はまもなく園内に入った。

メリッサとケリーは、遊んでいるサルを見て笑《わら》い、するするとうごくヘビの前をふるえながら通りすぎ、ハイイログマの赤ちゃんに話しかけ、トラの歯をまじまじと見つめた。光を発する変《か》わったクラゲの水槽《すいそう》の前で、ガラスにうつった自分に気がついたとき、メリッサはびっくりした。女の子だ。

タランチュラが展示《てんじ》されている前で、メリッサは足をとめた。ふかふかした毛でおおわれたクモは、シャーロットよりもずっと大きい種類《しゅるい》だった。それでも、メリッサは一匹《ぴき》一匹《ぴき》に心のなかで感謝《かんしゃ》した。巣《す》はないかとさがしたけれど、見えなかった。

〈昆虫《こんちゅう》の世界〉コーナーを見おわったところで、ケリーがトイレにいきたいといいだした。メリッサは凍《こお》りついた。家に帰るまでには、メリッサもぜったいトイレにいかずにいられなくなる。自分のスカートを見おろした。こんなかっこうで男子トイレに入るのはむりだ。

「メリッサといってくる。」

ケリーはそういって、抵抗《ていこう》する間《ま》もあたえず親友の手をつかむと、〈女性《じょせい》〉という字と三角形のスカートをはいた人の形がかかれたドアへとひっぱっていった。重い金属《きんぞく》のドアをかるがるとおしあけ、メリッサをなかにひきいれる。

なかの空気はひんやりとしてしめりけをおび、芳香剤《ほうこうざい》のにおいがした。タイルはグレーと緑色で、メリッサが想像《そうぞう》していたようなピンクではなかった。いちばんに目についたのは、男子用小便器《しょうべんき》がないことだった。左側《ひだりがわ》に個室《こしつ》がならんでいるだけ。あとは洗面台《せんめんだい》と鏡《かがみ》がいくつもあり、右にピンクの液体《えきたい》石けんが出てくる容器《ようき》がついている。

「へいき？」

ケリーがたずねた。

メリッサはうなずいたが、なにもいわなかった。自分はいま、女子トイレに立っている。表現力《ひょうげんりょく》のゆたかなシャーロットだって、この瞬間《しゅんかん》のメリッサの気持ちを、ことばでいあらわすことはできないだろう。

個室《こしつ》に入って鍵《かぎ》をかけたメリッサは、だれにも見られていないことがうれしかった。スカートを持ちあげ、小さな赤いハートのもようのショーツを見た。ショーツをさげ、腰《こし》をおろし、おしっこをした。女の子が、ごくふつうにするように。ケリーにさえ、あとでなにもいわなかった。きょうという最高《さいこう》の一日のなかで、この部分だけは、メリッサ一人の秘密《ひみつ》だった。

午後になると、ケリーもメリッサもビルおじさんも、つかれておなかがすいてきた。トラがいるエリアのすぐむこうに食事コーナーがあるのを、ケリーが地図で見つけた。

近づくにつれ、まず食べもののにおいがしてきて、つぎに、鳥がいっぱいいる池のまわりにピクニック用のベンチがいくつもならんでいるのが見えた。フルーツスムージーの宣《せん》伝《でん》が書かれたオレンジ色のパラソルの下で、家族連《かぞくづ》れがおおぜい休憩《きゅうけい》している。ハンバーガーやホットドッグ、フライドポテトを食べている人もいれば、家から持ってきたクーラーボックスから、サンドウィッチやスナックを出してむしゃむしゃ食べている人もいる。通路にはベビーカーが点々とおかれ、小さな子どもがそのあいだを歩きまわりながら、うれしそうに声をあげていた。

お昼に食べたいものをビルおじさんが二人にたずね、列にならんだ。ケリーとメリッサは、テーブルがあくのを待った。

「きょうは成功《せいこう》だね。あたし、つぎはなにを着ようか、もう考えてるんだ。」ケリーがいった。

「それって、きょうみたいなことを、またやるってこと？」

「メリッサ〜。」ケリーは目玉をまわしてみせた。「あたし、生まれてからずっと、男にかこまれた毎日だったんだよ。パパでしょ、おじさんでしょ。だいたいさ、ほんの少し前まで、あんたのことも男の子だと思ってたんだから。たまに女子タイムをすごすのって、いいね。」

「やあ、二人とも楽しそうじゃないか！」

ビルおじさんがトレーをおきながらいった。トレーには、ソーダにホットドッグ、ケチャップ、それから、すごく大きなカップに入ったフライドポテトがのっている。

「楽しいもん。」

ケリーが答えた。

メリッサは、おなかの底《そこ》からぬくもりがこみあげてきて、指先へ、つま先へと、波のようにひろがっていくのを感じた。ケリーの体に腕《うで》をまわした。ケリーがカメラを持った手をいっぱいにのばし、満面《まんめん》の笑《え》みをうかべた女の子二人の写真をとった。

その日の午後、ケリーはメリッサの写真をさらに何十枚《まい》もとった。一度も、ポーズの指《し》示《じ》は出さなかった。出す必要《ひつよう》がなかったからだ。どの写真のメリッサも、そのままでかんぺきだった。

帰りに車に乗りこんだときには、三人ともくたくたになっていた。まだ日がくれはじめたばかりだったけれど。

ビルおじさんはいねむりしないよう、とちゅうでコーヒーを飲むために車をとめた。高速道路にのるとすぐ、ケリーはねむりこんだ。

でもメリッサは、ほんの一瞬《いっしゅん》も、うとうとしなかった。できなかったのだ。これまでの人生で最高《さいこう》の一週間を思い出すのにいそがしくて――。

訳者《やくしゃ》あとがき

トランスジェンダーって？

この本の主人公ジョージは十歳《さい》。体は男の子ですが、自分は女の子だと感じています。女の子なのに男の子の体をもっていることに違和感《いわかん》をおぼえ、ママやまわりの人から「かわいい息子《むすこ》」とか「すてきな男性《だんせい》になるわ」といわれるたびに、「ちがう」という思いをつのらせていました。

ジョージのように、体の性別《せいべつ》と心の性別《せいべつ》が一致《いっち》しない人を、「トランスジェンダー」と呼《よ》びます。（英語《えいご》で「トランス」は「超越《ちょうえつ》する」「反対側《はんたいがわ》」などを意味し、「ジェンダー」は「性別《せいべつ》」という意味です。）

ジョージは、テレビを見たりインターネットで調べたりして、自分がトランスジェンダーであることを自覚《じかく》しています。そのことをだれにも――家族にも話せず、女の子のティーン向《む》け雑誌《ざっし》をこっそり読む日々でした。でも、外見と内面の性別《せいべつ》がちがうことをかくして日々をおくるのは、本人にとってとても苦しいことです。ジョージは、「だれでもいいから、自分以外《いがい》の人間になりたい」とまで思います。

いつしかジョージは、まわりの人、とりわけ大好《だいす》きなママに、ほんとうの自分を知ってもらいたいという気持ちをいだくようになります。

そんな折《おり》、学校で『シャーロットのおくりもの』という物語を劇《げき》にして上演《じょうえん》することになりました。ジョージは、どうしてもシャーロットの役を演《えん》じたいと願《ねが》います。舞台《ぶたい》で女の子になりきっている姿《すがた》をママが見れば、ほんとうは女の子だとわかってもらえるかもしれない――そんな気持ちもわいてきました。

けれど、担任《たんにん》の先生は、女の子役を希望《きぼう》するジョージに困惑《こんわく》するばかり。クラスには、なにかと意地悪《いじわる》をしてくるいじめっ子もいます。

ジョージは、自分の内面が女の子であることを家族や親友に打ち明けはじめます。

いつもいっしょに遊んでいる親友の女の子ケリーは、「ジョージが自分は女の子だと思うなら……それならあたしも、ジョージは女の子なんだと思うよ！」と、ありのままのジョージを受けいれてくれます。兄のスコットは、一見脳天気《のうてんき》な高校生に見えて、ジョージの告白《こくはく》をしっかり受けとめ、ささえようとしてくれます。しかし、ジョージがいちばんわかってもらいたいと願《ねが》うママは、わが子のことばに驚《おどろ》き、信《しん》じようとしません。

物語の後半で、ジョージの学校の校長先生が、ママにこう声をかけます。

「親は子どものあり方をコントロールできませんけど、ささえることは、まちがいなくできます。」

そのあとママは、ジョージの気持ちに寄《よ》り添《そ》い、心配や不安《ふあん》をかかえながらも前にすすもうと考えるようになるのです。

作者の思い

作者のアレックス・ジーノは、ジョージと同じトランスジェンダーですが、その自覚《じかく》を持ったのはずっと大きくなってからだったそうです。あるインタビューで、つぎのように語っています。

「わたしが子どものころは、トランスジェンダーが登場する児童書《じどうしょ》がありませんでした。

もしあれば、わたしが生きる道筋《みちすじ》を見つけるのはもっと簡単《かんたん》だったかもしれません。」

自分のように長いあいだ悩《なや》む子がいなくなれば、そして、トランスジェンダーの子の気持ちをまわりの子が知るきっかけになれば、という思いから、ジーノはこの本を書きました。執筆《しっぴつ》に取りかかってから完成《かんせい》まで、なんと十二年もかかったそうです。

本書がアメリカで二〇一五年に刊行《かんこう》されると大きな注目を集め、学校図書館情報誌《じょうほうし》『スクール・ライブラリー・ジャーナル』や出版情報誌《しゅっぱんじょうほうし》『パブリッシャーズ・ウィークリー』などで、年間ベストブックの一冊《さつ》に選《えら》ばれました。また、二〇一六年のアメリカ図書館協《きょう》会《かい》の大会では、〝いろいろな性《せい》〟への理解《りかい》を助ける児童書《じどうしょ》として、ストーンウォール・ブック・アワードを受賞《じゅしょう》しています。

作者のもとへは、感動した読者からの温《あたた》かいメッセージがつぎつぎ寄《よ》せられているとのことです。

『シャーロットのおくりもの』について

ジョージが学校で劇《げき》をすることになった『シャーロットのおくりもの』は、一九五二年に出版《しゅっぱん》され、アメリカでは知らない人がいないくらい有名な児童書《じどうしょ》の古典《こてん》です。一九七三年にはアニメーションで、二〇〇六年には実写で映画化《えいがか》されました。作者のE《イー》・B《ビー》・ホワイトはほかに、『スチュアートの大ぼうけん』や『白鳥のトランペット』といった作品も書いています。

物語の主人公であるブタのウィルバーは、家畜《かちく》として食肉《しょくにく》にされる運命《うんめい》にありました。ところが、かしこいクモのシャーロットが、ウィルバーの寝床《ねどこ》の上に巣《す》をはり、そこに〝たいしたブタ〟〝すばらしい〟〝ぴかぴか〟といった言葉を編《あ》みこみはじめます。これが評判《ひょうばん》となって、ウィルバーの身に奇跡《きせき》が起きるのです。

本書には、『シャーロットのおくりもの』の結末《けつまつ》を読んでジョージが涙《なみだ》する場面がありますが、作者ジーノは「この本のなかで唯一《ゆいいつ》、自伝的《じでんてき》なエピソード」と語っています。日本では、さくまゆみこさんの訳《やく》であすなろ書房《しょぼう》から出版《しゅっぱん》されています。本書に出てくるクモのシャーロットの言葉は、さくまさんの訳《やく》から引用《いんよう》させていただきました。この場を借《か》りて篤《あつ》く御礼《おれい》申し上げます。

アメリカの学校制度《せいど》

本書を読んで、「アメリカの小学校って五年生までなの?」「五歳児《さいじ》クラスってなに?」と不思議《ふしぎ》に思った人がいるかもしれません。アメリカの学校制度《せいど》は、地域《ちいき》によって異《こと》なります。小学校六年・中学校二年・高校四年というところもあれば、小学校五年・中学校三年・高校四年という地域《ちいき》もあり、ジョージの住んでいるところは後者《こうしゃ》を採用《さいよう》しているようです。

また、キンダーガーテンと呼《よ》ばれる、一年間の小学校入学準備《じゅんび》クラスが学校に付属《ふぞく》していることがあります。本書では「五歳児《さいじ》クラス」という呼《よ》び方《かた》をつかいました。

ジョージとメリッサ

ジョージは、女の子としての自分に、ひそかにメリッサという名前をつけていました。長い間ほんとうの自分を明かせず、ひとりぼっちに感じていたジョージが、親友や家族に打ち明け、受けいれてもらえたときの喜《よろこ》びは、どれほどだったでしょう。

あこがれだった女の子の格好《かっこう》をしたときの、ジョージ(メリッサ)のうれしくてしかたがないようすは、読むたびに胸《むね》が熱《あつ》くなります。
日本でもこの本が、そしてジョージとメリッサが、ひとりでも多くの人に温《あたた》かく迎《むか》えられることを心から祈《いの》っています。また、この本がきっかけになって、トランスジェンダーについてもっと知りたい、ほかの本も読んでみたいと思う人が出てきてくれたらうれしいです。

二〇一六年十月

島村浩子《しまむらひろこ》

アレックス・ジーノ

1977年アメリカ、ニューヨーク州のスタテン島に生まれる。ペンシルバニア大学卒業。自身がトランスジェンダーで、性別の問題に悩む人のための相談センターで講師をつとめていた。デビュー作である本書の刊行後、精力的に講演活動を行っている。

島村浩子

1965年東京都に生まれる。津田塾大学卒業。翻訳家。訳書に『ペナンブラ氏の24時間書店』『感謝祭は邪魔だらけ』（東京創元社）『アイスマン』（祥伝社）などがある。

ジョージと秘密のメリッサ

アレックス・ジーノ 作
島村浩子 訳

発　行　2016年12月　1刷　2019年11月　2刷

発行者　今村正樹
発行所　株式会社 偕成社
〒162-8450 東京都新宿区市谷砂土原町3-5
電話 03-3260-3221（販売部） 03-3260-3229（編集部）
http://www.kaiseisha.co.jp/
印刷所　中央精版印刷株式会社
製本所　株式会社常川製本

NDC933　222p　20cm　ISBN978-4-03-726880-0
Published by KAISEI-SHA. Printed in Japan.

落丁本・乱丁本はお取り替えします。

本のご注文は、電話・ファックス、またはEメールでお受けしています。

Tel:03-3260-3221 Fax:03-3260-3222 e-mail:sales@kaiseisha.co.jp